U0948634

思想引领

共青团中国政法大学委员会
思想引领系列丛书

# "CUPL正能量"
## 人物访谈活动报道合集（Ⅲ）

CUPL
ZHENGNENGLIANG
renwu fangtan huodong baodao heji（Ⅲ）

共青团中国政法大学委员会◎编

黄瑞宇◎主编

孙 璐　朱 林◎副主编

中国政法大学出版社

2018・北京

# 编 委 会

# 学生视角　发掘同伴教育新思路
# 德育典型　实践思想引领E路径

## ——中国政法大学“CUPL正能量”人物访谈系列活动介绍

中国政法大学积极贯彻“高教三十条”教育改革要求，深入贯彻《关于加强和改进新形势下高校思想政治工作的意见》，学校团委将网络思想政治教育工作与青年德育工作紧密结合，以“低门槛，高频率，接地气”为出发点，以校园正能量的“创造者、发现者、表达者、放大者”为目标，创办“CUPL正能量”人物访谈系列活动。通过发现、宣传学生群体中的正面人物和感人事迹，以学生身边的“小事”感染青年、鼓励青年进步成长，在新媒体网络环境下，探索与实践当代大学生品德教育与思想引领的新模式。

自2012年10月，该活动筹备创办至今，已成功推出162期，以源自于日常学习、宿舍生活、班级凝聚力建设、社团组织生活等方面的选题为主要内容，如《兰1616宿舍：国防生六兄弟的“三走”故事》《2014级“涉外”实验班微信公众号：E网家园》《王元义：三载法援路，一生法大人》等。这些平凡朴实、真挚感人的事迹体现着80后、90后在校大学生身上的正能量，又因为其源自普通学生的生活，贴近青年的思维，也更容易被学生接受，进而更能够为青年成长注入平实而先进的力量。

## 一、工作理念

“CUPL 正能量”不同于传统思想教育模式——聚焦榜样宣传类活动中的精英类学生，相反，它注重择取在学校学习生活等普通方面的“小事”代表，掘取能够反映社会发展方向、社会价值观取向及时代精神，或者在生活、家庭、情感等方面表现感人，体现中国传统美德和良好社会风尚，能够激励当代大学生不断向上进取、追求卓越的校园故事。

以现代同伴教育的理念来看，青年学生更愿意听取年龄相仿、知识背景、兴趣爱好相近的同伴、朋友的意见和建议，而非传统意义的“高位说教”的模式和思路。特别在一些敏感问题上，如：道德标准、价值判断、情感困扰等方面，青少年往往能够听取或采纳同伴的意见和建议。现代同伴教育就是利用青少年的趋众倾向，对青少年进行教育的方式。而多数同伴教育通常是先对有影响力和号召力的青年（同伴教育者）进行有目的的引导，并通过他们起到号召作用，但“CUPL 正能量”所选取的有影响力和号召力的青年，主要是在日常生活和行为习惯等方面表现较好的“亲民型”大众学生代表，通过“放大者”的作用，实现“他能、你能、我也能”的正能量传递和感召。

## 二、活动特征

### （一）“低门槛”：启发青年发现榜样

在题材选择方面，“CUPL 正能量”活动以“低门槛”为筛选方式，不同于传统榜样宣传类活动中的“高大全”模式，而选择在学生日常学习生活中乐观的、向上的、正面的，也就是重在发现普通学生亲身体会的事迹。如《第 121 期韦万康：带着爷爷去旅行》报道了中国政法大学刑事司法学院2014级1班的韦万康，为了实现带爷爷到北京看看的计划，他用了近两年的时间筹备，终于在自己读大学的第二个暑假，凭借自己的努力安排好行程，实现了自己的想法，也圆了爷爷一生“想到首都看看”的愿望。

（二）“高频率”：引导青年了解榜样

在活动设计方面，“CUPL正能量”活动以“高频率”的举办特点，坚持每周一期，每期一个领域的代表，活动自2012年末创办至今已举行140余期，根据学期学习、生活的不同阶段，设定不同主题，如“毕业季”“寒假季”等专题报道，覆盖学习、实践、家庭、班级等多领域，实现全方位、多角度、深层次地影响青年学生。

（三）“接地气”：鼓励青年学习榜样

在人物采访方面，“CUPL正能量”活动以“接地气”为基本特质，挖掘广大青年都能“做得到、做得好”的事迹，使青年通过了解正能量，学习正能量，进而创造正能量，坚持彰显正能量。通过宣传“人人可做、人人能做、做能做好”的事迹，不断启发、引导青年向下看、向身边看，从简单的事情做起，从基层的事情做起，培养青年踏实、平和的心态和务实、向上的作风。如《第34期陈师明：青年“悦”读者》介绍了一个在微信、QQ空间等网络中发起、组织“读书俱乐部”的青年，分享他阅读的快乐，以他对知识的渴求、对公益的执着、对阅读的热衷，传递书香中的正能量。

## 三、具体操作

（一）组建多支学生为主体的采访团队

“CUPL正能量”人物访谈系列活动一以贯之的坚持学生视角，依托学生宣传组织，组建采访团队，让活动组织的学生群体成为正能量的首批“发现者”，并通过学生的自我感受和领会解读过程，成为“表达者”和“放大者”，最终让更多的读者成为正能量的“发现者”和“创造者”。目前，由校团委宣传部指导的团委宣传中心通讯社开展采编、报道及后续宣传工作。

**（二）打造校园全媒体线上宣传互动平台**

在校大学生生活在一个开放的网络环境中，据学校学生组织对本校学生使用网络情况的基础调研显示，约68%以上在校学生能够通过手机或者电脑实现“每时每刻网络交流”；约83%以上的学生更愿意通过互联网了解“发生在自己身边的事”；90%以上的学生有每天浏览校园网络及反映本校生活信息相关媒体的习惯，如微信“朋友圈”、微信公众号等。因此，在现代网络化、快节奏、信息流的生活环境下，一个思想引领类型的活动能否在与学生息息相关的校园网络媒体中占有一席之地，直接影响到网络宣传引导功能的效果。

“CUPL 正能量”在运作过程中得到了学校的大力支持，校党委宣传部在校园网首页显要位置为其开辟专栏，如图1、2所示。此外，该活动实现了在其他学生乐于关注的校园相关网络媒体中的全覆盖，如图3所示。

**（三）活动运作流程**

1. 学生采编团队每周进行校园采风，发掘符合报道风格的人物及事件；

2. 指导老师和学生团队共同参与选题或采编会议，每周拟定采访主题或人物事件2－3个；

3. 拟定采访提纲和报道策划。交由指导老师修改、完善采访提纲；

4. 联系受访者，启动采访工作；

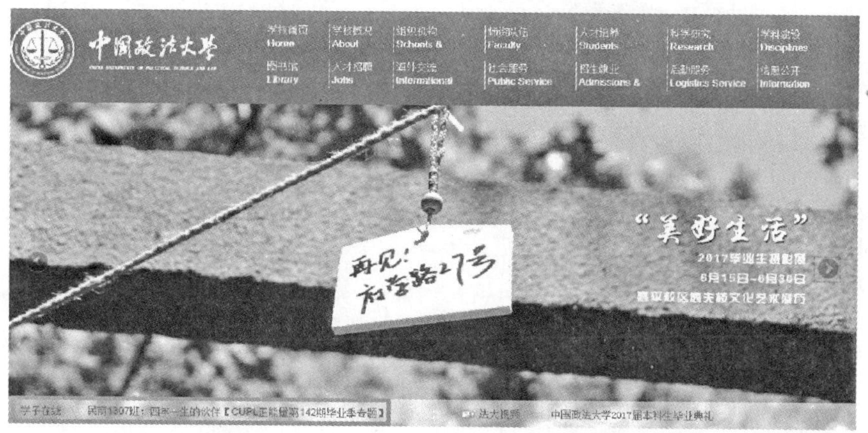


**图 1：中国政法大学校园网“学子在线”**
**专栏首页位置：http://www.cupl.edu.cn/index/xzzx.htm。**

位置：学校首页 > 学子在线

| 标题 | 发布单位 | 发布时间 |
|---|---|---|
| 民商1307班：四年一生的伙伴【CUPL正能量第142期毕业季专题】 | 校团委 | 2017-06-20 |
| 欧阳荣鑫：非法学程序员【CUPL正能量第141期】 | 校团委 | 2017-05-31 |
| 王小平：校园动物呵护者【CUPL正能量第140期】 | 校团委 | 2017-05-21 |
| 周志翔："四年"光影人【CUPL正能量第139期校庆专题】 | 校团委 | 2017-05-14 |
| 韩婷婷：救协好把式【CUPL正能量第138期】 | 校团委 | 2017-04-23 |
| 承勇：百米儒将【CUPL正能量第137期】 | 校团委 | 2017-04-16 |
| 姜滨海：骑行者【CUPL正能量第136期】 | 校团委 | 2017-04-09 |
| 郭颜欢：运动多面手【CUPL正能量第135期】 | 校团委 | 2017-04-03 |
| 王诺：来自法大的海滨法官【CUPL正能量第134期校庆专题】 | 校团委 | 2017-03-26 |
| [illegible]：因为爱，我听见你的声音【CUPL正能量第[illegible]期】 | 校团委 | 2017-03-12 |
| 袁纪辉：非"典型性"学霸【CUPL正能量第132期】 | 校团委 | 2017-03-06 |
| 法大达州支教队：山那边的新年故事【CUPL正能量第131期寒假特稿】 | 校团委 | 2017-03-06 |
| 高子涵：爱支教的孩子【CUPL正能量第130期】 | 校团委 | 2016-12-14 |
| 汪春玲：军都楼里的超市姐【CUPL正能量第129期】 | 校团委 | 2016-12-11 |

**图 2：中国政法大学校园网“学子在线”**
**专栏目录：http://www.cupl.edu.cn/index/xzzx.htm。**

5. 根据采访内容，完成报道初稿，交由指导老师修改、完善；

6. 在校园网专栏、校团委网站、”法大青年“微信公众平台等互联网渠道进行线上宣传；

7. 中期，制作平面等实体宣传海报扩大校园影响；

8. 中后期，开展线下活动，如进行报道后续调研、报道效果追踪等。

**图 3：校团委微信公众号”法大青年“CUPL 正能量板块**

## 四、实施效果

“CUPL 正能量”人物访谈系列活动一经推出便在全校师生中群体引起了广泛反响，校园网络媒体环境注入了一股清新的活力。

（一）媒体数据统计[1]

根据对相应网络媒体直观数据统计结果显示，该活动在包含人人网日志及专题相册浏览量在内的，学生主要关注网络媒体的总点击量（浏览量）达 396 921 次；其中，学校校园网主页“学子在线”专栏及 BBS 论坛平均点击量 1645. 8 次，单期点击量最高达到 5785 次，总点击量 233 702次；“法大青年”微信公众号等新媒体平台平均点击量1191. 7次，单期点击量最高达到 21 341 次，总点击量 169 227 次。[2] 前25 期每期报道

〔1〕“CUPL 正能量”人物访谈系列活动阅读量统计参见附录。

〔2〕数据统计时间，截止到 2017 年 7 月 1 日。

的平均浏览量为5000次左右，可覆盖全校1/3以上师生，数据统计如下表：

**表1：《“CUPL正能量”人物访谈系列活动前25期学生主要关注网络媒体数据统计表》**

| 总第N期 | 校园网学子在线专栏点击量 | 校园网BBS点击量 | 人人网日志阅读量 | 人人网相册浏览量 | 总点击量 |
|---|---|---|---|---|---|
| 1 | 230 | 3794 | 无 | 无 | 4057 |
| 2 | 86 | 183 | 150 | 元 | 450 |
| 3 | 109 | 269 | 200 | 无 | 609 |
| 4 | 123 | 194 | 169 | 无 | 543 |
| 5 | 91 | 316 | 41 | 无 | 467 |
| 6 | 197 | 1302 | 378 | 无 | 1906 |
| 7 | 225 | 736 | 140 | 无 | 1136 |
| 8 | 601 | 1075 | 292 | 无 | 2003 |
| 9 | 644 | 605 | 284 | 无 | 2201 |
| 10 | 853 | 249 | 90 | 无 | 1220 |
| 11 | 2469 | 350 | 184 | 无 | 3020 |
| 12 | 440 | 616 | 282 | 无 | 1375 |
| 13 | 1166 | 486 | 92 | 无 | 1761 |
| 14 | 4080 | 552 | 188 | 无 | 4828 |
| 15 | 5785 | 169 | 256 | 无 | 6210 |
| 16 | 631 | 497 | 387 | 无 | 1515 |
| 17 | 670 | 383 | 98 | 无 | 1821 |
| 18 | 465 | 310 | 289 | 无 | 1064 |
| 19 | 331 | 565 | 288 | 4752 | 1184 |
| 20 | 906 | 411 | 228 | 4604 | 1498 |
| 21 | 224 | 184 | 279 | 4188 | 4875 |
| 22 | 582 | 161 | 270 | 6767 | 7780 |
| 23 | 851 | 368 | 165 | 8982 | 10366 |

续表

| 总第N期 | 校园网学子在线专栏点击量 | 校园网 BBS 点击量 | 人人网日志阅读量 | 人人网相册浏览量 | 总点击量 |
|---|---|---|---|---|---|
| 24 | 603 | 124 | 237 | 4074 | 538 |
| 25 | 554 | 154 | 142 | 3212 | 4062 |
| 总计 | 22916 | 14746 | 4777 | 35979 | 78418 |

（二）网络互动反馈

“CUPL 正能量”关注学生在各类校园网络平台上的留言与互动信息，注意根据报道反馈和学生需求，不断完善宣传形式和报道内容。图4、5为学生参加线上互动留言内容。

**图4：《“CUPL 正能量”第23期——兰2406：大学四年的温馨家园》BBS 互动留言截图**

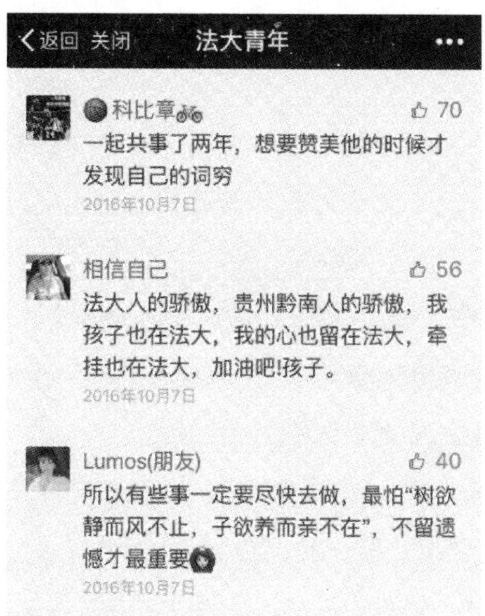


**图5:《"CUPL正能量"第121期——韦万康：带着爷爷去旅行》**

（三）与校园传统思想政治教育活动的互补

青年人的主流是积极向上、朝气蓬勃的，每一所大学校园中都充溢着多样化的正能量，每一个平凡的校园故事都能凝聚起非凡的人气。正能量活动的开展不受学校类型、层级的限制，任何一个校园中与正能量相关的征集、报道、宣传等活动都可以得到学生的响应。

从与传统的思想引领类活动互补的角度，"CUPL正能量"以基层发现、亲民宣传为特色，实现校园思想政治教育工作中精英化与大众化、参与性与引领性、形象性与实践性的结合，从而形成线上线下思想政治教育的合力。

1. 正能量在行动——法大正能量系列活动："CUPL正能量"系列报道的推出，引发了校园各级、各类社团和组织围绕正能量主题所开展的多样活动。如："拍拍正能量""微笑正能量""手势正能量"等拓展了实体宣传方式，使同学们在随手拍摄中、在微笑中、在手势中感受与传递“正能量”。

2. 正能量矩阵——与其他思想引领活动的良性互动发展：“CUPL 正能量”引导、关注正能量人物的成长与发展，通过校园其他活动的绿色通道为其服务，如学术讲座、素质拓展、读书沙龙等，使其从优秀人才向卓越人才进步，使之成为“学生先进事迹宣讲团”“班级凝聚力建设”中的骨干，成为“榜样法大”“感动法大”中的代表，最终促进个体、组织、群体之间互动发展。

“CUPL 正能量”是一种“发现”，平凡中寻找不凡；是一种“传递”，将信念传递彼此；是一种“激励”，让优秀者追求卓越；是一种“循环”，实现个体、组织、群体的良性互动与持续发展。

“CUPL 正能量”将坚持不断创新，根据青年学子的实际反馈和需求完善宣传形式和报道内容，努力将大学校园里的正能量不断传播、发扬，并影响更多的校内外公众。

共青团中国政法大学委员会
2018 年 7 月

# 前　言

自2012年10月至今，“CUPL正能量”人物访谈系列活动已经伴随法大学子走过六年春秋。六年中，活动形成的150多期人物访谈凝结了所有编者的心血，展现出小小法大校园中的浓浓温情。关于正能量人物选取，编者团队着眼于平凡中的不平凡，致力于寻找普通法大人身上的闪光点。同时，活动以成为校园正能量的“创造者、发现者、表达者、放大者”为宗旨与目标，通过深度挖掘学生群体中的正面人物与感人事迹，用“人人能做，人人可做”的平凡小事来感染青年、鼓励青年进步与成长，探索与实践出当代大学生品德与思想引领的新模式。

本书为“CUPL正能量”人物访谈系列活动的第三本合集，收录了2016年3月至2017年11月间，第101期到第150期的人物报道文章。这50期人物的选取和采写，既体现了对活动传统风格的继承，也显示出记者编辑同学们对选材类型的把握能力在提高，而对于“非典型法大学子”的关注和挖掘，受到了更多读者的青睐和认可，比如：第106期张运民：生活中的运动员、第121期韦万康：带着爷爷去旅行、第139期周志翔：“四年”光影人、第144期孙蕾蕾：小山村有大梦想、第148期黄健栓：生活是一口希望井……诸多文章在校园里产生了较好的反响，一方面，正能量的文章让法大学子和社会公众更深入地了解原本就有所耳闻、哪怕是默默无闻的平凡学子；另一方面，普通学生的“小故事大梦想”带给了更多人向上的憧憬和动力。这也正是我们想通过本书带给大家的、来自法大的“CUPL正能量”！

编者团队

2018 年 7 月

# 目　录

# “CUPL正能量”第一百零一期：葛润元

## ——献血队伍中的食堂阿姨

文/团宣通讯社　陆娇　图/团宣影视中心　白雪峰

她生长的那个时代，默默无闻、无私奉献的雷锋精神是人们心照不宣的行为准则。人与人的相处温暖而质朴，友善的感情像一湾春水，无言地滋润着尘嚣世间中嘈杂的心灵。她经常说：“他人能够快乐，就是我最大的快乐。”

**简介：**葛润元，昌平校区一食堂的一位保洁员，39岁。自2000年第一次献血以来，共献血5次，总献血量达到1400毫升。她为人热情开朗、积极乐观，平日里经常参加捐献衣物等志愿活动。

## "献血是我的义务"

在嘈杂喧哗的食堂中找到葛润元阿姨时，正是用餐时间结束的时候。她抱着一大叠碗向洗碗间大步走去，穿着简单的运动衫，戴着绿色的长围裙，一条乌黑的辫子高高束起。瘦瘦的脸上是她质朴灿烂的笑容，一边收拾一边招呼着说："坐一会，马上好。"

2000 年，在前门大街的一辆献血车前，排着长长的队伍，路过的葛润元停下了脚步，然后默默地排到了队伍的后头，静静等待着第一次献血机会的到来。可能是受到连续献血 30 年的母亲的影响，葛润元对于献血这件事有着一种使命感。"我的妈妈从进入事业单位起就开始参加单位组织的一年一次的献血活动，对我来说，献血也像是一种义务一样。"2008 年的汶川地震，葛润元在电视上看到那么多人都加入了献血的队伍，让她更深刻地感受到献血的意义，"能够通过自己做的一点小事挽救人的生命，我真的很高兴"。

## 简单而光荣

第一次献血活动之后"感觉很自然"，没有什么特别大的不良反应，自那之后，葛润元就一直积极参加身边的献血活动。在家人的支持下，除去因为生病而中断的几年，截至 2015 年，葛润元通过不同的途径，包括路边的献血车、居委会和学校组织的献血活动，积极地报名参与，前后共献血 5 次，累计献血 1400 毫升。

当被问到是不是会有一些顾虑时，葛润元坦然道："一开始还是有的，但是每次献血都会找专业的组织，所以到后来也就不担心了。"除了知道一些严格的献血标准以外，葛阿姨并没有专门去了解无偿献血的相关知识，她只是简单一句话，"身体健康就去献了"。在每次献血的早上她都会喝一杯糖水，"为了防止低血糖"，这是她和妈妈多年献血的小经验。

"拿到献血证的时候真的感到很光荣"，正是这种光荣感支持着葛润元持续地参加献血活动。坚持献血这么多年，她从来没有向周围的同事说起过这件事情，"现在想想，我应该动员更多的人一起去献血。献血的人、做好事的人越多越好"。

## 力所能及，尽己所能

葛润元也有一些小遗憾，由于工作时间长、节奏紧凑，与居委会组织的很多活动都有冲突。"一直想去儿童村，但是到现在都还没能够腾出时间来。"或许是为了弥补这样的遗憾，她将更大的热情投入到身边的公益活动：捐出自己没有穿过的衣服、捐出力所能及的款项，甚至想将来捐献出自己的身体器官给那些有需要的人。

"她实在是太勤快了，干活真的很卖力。"同一个小组的卜新考这样说道，"忙时，她一个人帮我们全组人的忙"。葛润元每天早上五点半到食堂，开始打扫卫生：擦桌子、洗碗筷、扔垃圾……等到其他的同事六点四十正式上班的时候，该做的准备都差不多已经完成了。"她人真的好，从来不喊累，虽然不是一个组的，但是我们都很喜欢她。"卖"瓦罐汤"的樊三凤这么说道。

葛阿姨的笑容很亲切，做事雷厉风行，热情又不唐突。当被说成是雷锋时，她害羞地眯着眼睛笑，一面连连摆手，"没有没有，从来没有想过"。对于葛阿姨来说，能够帮助到他人，看到他们的笑容，就是对自己最好的回报。"拿到献血证的时候，会感到自己的价值。"说着，阿姨笑了起来。五本厚厚的献血证书映着她灿烂的笑容，证上金色的大字高尚而美好。她说，新的一年学校组织的献血活动又开始了，她依旧会参加，并希望动员更多的身边人。

或许献血并不是什么大事，或许 1400 毫升没有多么夸张，或许公益只是举手之劳，但是生活有千钧之力，生虽平凡，亦能举重若轻。

# “CUPL 正能量”第一百零二期：SHAMROCKS 四叶草乐队

## ——音乐，向往而往

文/团宣通讯社　高子强　王佳燕

“世间存在着一个再自然不过的矛盾。当我们是学生时，我们组乐队，没有钱买好的设备，没有成型的音乐取向，也没有成熟的心智。工作后这些条件慢慢都具备了，同样的热情却没有同样的精力去表达。”乐队贝斯手朱奕帆说道。

**简介**：SHAMROCKS 四叶草乐队成立于2014年9月，乐队成员：朱奕帆，2013级民商经济法学院本科生，贝斯手；李昊明，2013级政治与公共管理学院本科生，主音吉他手；董鹏辉，2013级刑事司法学院本科生，鼓手；李晟民，2014级政治与公共管理学院本科生，节奏吉他手；李振宇，2014级政治与公共管理学院本科生，乐队主唱。他们曾在校内校外驻场演出，改编歌曲数十首，包括《西湖》《The Man Who Sold The World》

等，原创歌曲数首。

## 梦的拓荒

往往一个创新的想法仅仅来源于一时的灵感和冲动，而这份灵感或许已在心中酝酿良久。高中毕业时，朱奕帆和高中同学一起创作了一首歌，叫做《奔跑在路上》，以此纪念自己的高中生活，反响很好。朱奕帆心想：既然已经开了这个头，为什么不在大学的时候组一支乐队呢？

2013 年秋，朱奕帆来到了法大，陪他一起来到法大的，还有他的吉他。当大一新生们在各类新奇的社团活动中辗转忙碌时，朱奕帆心中已萌生了组建乐队的想法。乐队的成员该去哪里找？一条朋友圈让朱奕帆和同样热爱音乐的李昊明相识了。李昊明在高中时就加入过乐队，弹得一手好吉他。音乐的感召力就是如此强大，又或者说，因音乐而起的缘分如此美好，慢慢地，随着董鹏辉、李振宇、李晟民的加入，乐队逐渐成形。“学活 208”是属于他们的练习室，是成员们现在提及都忍不住感慨一番的地方。乐队成立之初，就是凭着一股单纯的热爱，他们在这里练习、创作，让 208 那个小小的空间里充满着梦想的能量。

## 成长主歌

这是一个没有名字的乐队，在那个机遇到来之前，他们也一直默默无闻。2015 年“元旦游园”活动，本想就是聚在一起玩音乐的他们获得了第一次登台演唱的机会。当主办方询问他们乐队名字的时候，他们才开始认真思考。偶然的灵感给了他们如今这个代表着幸运的名字——SHAMROCKS 四叶草。朱奕帆是这样解释的：“Shamrocks 是由‘sham’‘rock’‘s’组成的，‘sham’是人的名字、‘rock’代表摇滚、‘s’表示的是一群人。四叶草，幸运的象征。"与音乐的邂逅是幸运，与音乐人的相知又何尝不是一种幸运？五个个体因为对音乐的热爱相聚到一起，幸甚至哉！

第一次登台的他们紧张得不行，但平时的练习给了他们最好的回报，"那是一场不错的演出！"回忆两年里的成长与蜕变，辛苦中也饱含幸福。从第一次上台时的万分紧张，经过无数次校外驻场演出的历练，到如今不再怯场；从最开始连放设备的地方都没有，到如今有了独立的排练室；从最初不相识的五个人，到如今无话不谈的好哥们儿，他们一步步向前。麦胡里把酒话心的畅快、演出时无言的默契、排练时精益求精的执着、学习与兴趣冲突时的苦恼、保养乐器时的耐心细致……无一不是成员珍贵的回忆，还有对于明天的坚持也让他们感到尽兴、自由。

## 为爱怒放

在克服诸多困难的时候，也是他们成长与进步最为明显的时候。李昊明成为主吉他手之后，为了乐队的发展，朱奕帆"让贤"并开始主攻贝斯。董鹏辉也克服地理和经济上的困难，从自己的老家黑龙江运来了自己的鼓，并开始为乐队改编一些曲谱。如此种种，都为这个乐队的发展增添了无尽的动力。

然而他们的演奏生涯并不止步于改编和演绎几首歌曲，几次驻场演出。作为音乐梦想的"小高潮"，他们希望能出一张自己的专辑，为了这个目标，他们还在不断的努力之中。"梦想是需要实现的，虽然不实现也没有关系。人生最精彩的不是实现梦想的瞬间，而是坚持梦想的过程，在这个过程中体验到的成就感与蜕变是弥足珍贵的，最重要的是当你有了一个想法之后，能不能将其付诸实现。”

对于自己真心喜欢的东西，才可以坚持得很长久，这也是支撑着乐队每一个成员默默向前的最强大动力。乐队生活让他们感到最为珍贵的便是成立这个乐队本来的意义——为了自己的喜好而怒放。

韩寒说：“别以为只有诗人歌手才会去远方流浪，其实每个人都向往远方。唯一不同的是有的人只是向往而不往，有的人向往而往。”你的选择呢？

# “CUPL 正能量”第一百零三期：陈向荣

## ——育人常青树

文/团宣通讯社　王雨琦　何雨琦

晚上 9:30，距下课铃声响起已过去了 20 分钟，教室里的同学们丝毫没有因为下课而躁动不安，老师似乎也自动屏蔽了下课铃声，仍以洪亮的声音为学生们讲解。这是一门正音课，头发花白的老教师走到每一位学生身边耐心细致地纠正发音。由原本每周的 2 课时增加到 5 课时，多出来的时长都是义务授课，也就意味着这位年过七旬的老教师从下午 5 点一直上到了晚上 9 点后。

**简介：**陈向荣，毕业于复旦大学，现为我校外国语学院副教授。2005 年退休后被学院返聘，任“教学督导员”。曾先后被评为我校“最受本科生欢迎老师”、“优秀教师”、“特优教师”以及“全国十大优秀教师”，教学方式新颖、风格幽默，听过他课的同学们常说：“在陈老师的课堂上，不光学知识，还可以学做人。”

## 学习“帝国主义的语言”

“在当时的中国，英语被称为‘帝国主义的语言’”，20 世纪 40、50 年代，英语很少受到关注，甚至无人问津，直到上海率先通过电台开设英语广播频道。而作为土生土长的上海人，陈向荣就此与英语结缘。

“本来是高一才开设英语课的，但我有幸初三时就接触到了英语，并被深深地吸引。”聊起与英语的缘分，陈向荣还要感激他的语文老师，“初中时候，我与我的语文老师很投缘，常与老师来往，得到他很多的启发与帮助。58 年大跃进时，语文老师开始听广播教材，而我就跟随他开始接触英语，也渐渐喜欢上了英语。因为英语广播的发音很好，语音语调也很纯正，由此我的英语基础打得比较牢靠。高一之后开始正式学习，几任老师的课讲得都很好，我跟随他们学到很多，因此英语成绩一直不错。就这样，高中毕业之后，进入复旦大学的英语系”。

这其中也有一个小插曲，“其实我的大学第一志愿不是英语系，而是新闻系”。那个时候的陈向荣其实更热衷于读报。初一时的他，经常在回家的路上看见人们排队买报。有一天，在好奇心的驱使下，他也去买了一份报纸，从此养成了读报的习惯。“虽然那时还看不大懂，但那之后我就经常看报，看不懂的就向我的老师请教。所以中学时候，我主要培养起来了对文字，尤其是对新闻和英文的敏感度，虽然最后到了英语系，但语言是相通的”。

## 不迟到、不请假，努力教

“教学，首先要‘不迟到、不请假’”，这是陈向荣对自己的要求。

日常再忙碌，他也从未因为其他事情落下任何一堂课，甚至有一次因伤骨折，也没耽误上课。"不管怎样都不能让学生缺课"。

"努力教"这三个字则是陈向荣多年来孜孜不倦的教学信念。陈老师有着自己简单而朴素的做人原则：学习时勤勤恳恳，工作时尽职尽责，生活要充满爱心。他曾坚持为英语基础薄弱的同学开设义务辅导班，从音标、语法等语言基础知识讲起。后来，这个辅导班发展成为法大的"英语正音与朗读课程"。

"韩愈有言：'师者，所以传道授业解惑者也'，简单讲，就是既要教书更要育人"。陈向荣经常和同学们分享自己走过的路，叮嘱大家"要用功，尤其是在大学期间，不要浪费时间。"直到现在，陈向荣依旧为学生义务加课，将学校安排的每周 14 课时增加到 20 课时"主要是因为想和同学们分享的东西太多，而上课时间有限，另一方面就是因为考虑到课容量有限，想为没选上课或者课上没学好的同学们提供更多的学习机会，因为语言的学习要一以贯之，所以加课是必要的"。

"十年树木，百年树人"。陈向荣始终将"育人"作为自己教学的最高目标。他在选择电影欣赏课播放的影片时也紧紧围绕"育人"这一标准，希望借由电影引发的思考为学生的生活提供经验：如何处理生活、工作中的困难，如何看待社会中的阴暗面，如何认识恋爱与婚姻，甚至通过灾难片引导学生对人类与自然界的关系进行反思。一位毕业生曾在他的文章中写道，"陈老师的课，不仅让同学们学到了知识，也引发了同学们对自身的审视，充满了对人性、理想以及社会现实的思考"。

### 和年轻学生在一起

退休后的陈向荣被学校返聘，再次回到讲台，现在已经 71 岁的他依旧愿意和年轻的学生们在一起，因为“这样我也能再年轻些”。2015~2016年春季学期，每周五从中午12点到晚上9点半，他始终在厚德楼语音教室，虽然年过七旬，但依旧精神矍铄。他幽默地解释：“我的身体跟别人不一样，年轻时经常在河水中游泳，坚持锻炼。”陈向荣回忆起那时的经历，仿佛又年轻了许多。

幽默活泼，这是很多学生在陈向荣课堂上的感受。“我觉得，每堂课至少要让学生笑一次，能笑两次最好。”这是他给自己定的指标。他将教书育人分为三个阶段：第一阶段即为教书，将正确的知识、价值观、情感传授给学生；第二阶段要以学生为主，避免“过度教育”；第三阶段要授人以渔，激发学生的主动性，强调老师与学生之间教学相长。传道，在他看来，不仅是求知之道，也是做人之道。他不仅将渊博的学识与学生分享，更在潜移默化中让学生明白：清白做人，不欺骗。这也是几十年来陈向荣自己一以贯之的原则。

“鹤发童颜”“精神矍铄”，陈向荣的95后学生们最常用这两个词形容他，他很高兴。圣诞节时，童心未泯的陈向荣扮成了圣诞老人，憨态可掬、温柔慈祥……回顾多年来的英语教学，陈向荣自信坦言，他没有遇到过困难，更多的是把解决学生的难题内化为自己的职责。“老师，就是要努力帮助学生的嘛!”陈向荣从未食言。

“我要一直教下去!”活到老，教到老，这是陈向荣发自内心的愿望。三尺讲台，一方黑板，陈向荣的背影给人以踏实和真诚的力量……转身，微笑，面前是他最喜爱的学生。

# “CUPL 正能量”第一百零四期：刘枭

## ——大学里的“导生”

文/团宣通讯社　陆　娇

成为一名导生，他希望竭尽所能，为新生展示一个“更大的大学”。“信息，需要通过一个有效的平台才能更好地获得，对于本科生来说，‘导生制’恰恰就是这样的平台”。然而，生活似乎总是喜欢开一些出乎意料的小玩笑，身为一名法科生，刘枭却成了商学院工商管理 1503 班的导生。

**简介：**刘枭，2015 级中欧法学院经济法专业硕士研究生，2015 届国际法学院法学专业本科毕业生。曾获中国政法大学研究生新生奖学金、志愿服务奖学金、本科连续三年优秀学生奖学金，校优秀学生干部、校优秀志愿者。2014 年获评“学术十星”，三年级时以 446 分通过司法考试。2015 年保研至中欧法学院。自 2015 年两校区融合活动时成为“导生”，先后为工商管理 1503 班组织了 4 期活动，主题分别为：“把大学过大一点”“法学辅修与社团生活”“复习与选课”以及“工商管理专业的 4 年”。

自 2015 年秋季学期起，为增加两校区学生之间的交流互动以达到拓宽本科生发展视野、丰富研究生学习生活、实现两校区信息流通和资源共享的目的，学校开展了包括导生制在内的两校区学生交流融合的相关工作。活动分别设立了班级导生制和实践导生制，班级导生制是招募研究生担任部分本科新生班级的导生，帮助新生更快地适应大学生活。实践导生制则是具体根据司考、考研、实习、公益等实践话题，建立研究生导生与本科生的长期交流机制。

## 师弟师妹眼里的“过来人”

“信息，需要通过一个有效的平台才能更好地获得，对于本科生来说，‘导生制’恰恰就是这样的平台”。刘枭肯定地说道。本科时的刘枭，学习经验与建议多数来自于上一届的师兄师姐。在完整经历过本科四年的生活之后，他发现：“回头看来，当时由于年级的限制，高一个年级同学的视野也并不是很开阔，很难提供全面的信息。”看到身边的一些同学因为不了解相关信息而与保研、奖学金、留学、竞赛等机会失之交臂后，刘枭更加深刻地感受到身为“过来人”对新生的责任。

2015 年秋季学期开学不久，学校在两校区间开展“导生制”活动时，刘枭便毫不犹豫地报了名。凭借着他在大学期间参加"学习经验分享""司考经验分享"和"国际法学院开学第三课"等活动时积累的经验以及对导生工作详细的规划，刘枭顺利地通过了面试考核，成为一名班级导生。当时兴奋的心情，现在还萦绕在心头，刘枭说："真的很希望能够将我的经验传递给师弟师妹们，也迫不及待地想要倾听年轻一代们的想法。"

## 从学生到"导生"

生活似乎总是喜欢开一些出乎意料的小玩笑，身为一名法科生，刘枭却成为商学院工商管理 1503 班的导生。"收到这个消息后，感到压力很大，有很多的担忧"，他笑着摊开手，无奈地说道。专业不对口，申请导生时准备的关于法学方面的知识都用不上，"本来想着可以深入分享一些专业学习、复习、司考和保送研究生这些方面的亲身经验，如今只能从头规划，小心翼翼，生怕带错方向"。

通过交流了解到同学们感兴趣的话题之后，刘枭开始着手安排具体的活动内容，从"假期交流项目"到"辅修、选修、双学位"的信息普及，从社团工作到志愿服务，从学术研究到竞赛项目，内容很丰富。"这些活动解决了我们遇到的很多问题，比如当时选课前正不知道该怎么办，师兄就恰好组织了关于选课的班会"，工商管理 1503 班的刘光宇说，"不仅如此，听到高年级同学关于竞赛、司考、保研的经验，让我对大学有了一个比较全面的认识，真的受益很多"。

在准备"期末复习与选课"这一主题活动时，刘枭事先整理汇编了选课建议和课程复习材料，不仅提供给了自己负责的班级，同时也分享给了刑事司法学院部分 2015 级的同学，并做了相关的指导。除此之外，刘枭还曾受到实践导生组的邀请向本科生分享自己司考的经验。在爽快地接下任务后，刘枭认真地回顾了自己当初参加司考的时间安排和复习重点，事无巨细地整理出来。因为担心不能完美地把握时间和现场气氛，他还特地写了讲稿，争取做到万全的准备。

由于是跨专业辅导，刘枭还多次邀请工商管理专业表现优秀的同学参与活动。每次策划活动时，他都要反复与嘉宾进行沟通，确定主题与内容，协调时间。这些看似繁琐的工作，刘枭却没有感到过疲累，“只要真的想做，就能够体验到很多快乐”。

## 带你去看“更大的大学”

对于导生制，刘枭有着他自己的一套解读，“我不想把他们带进‘我的大学’，我想展现的应该是一个属于他们自己的、全面的、‘更大’的大学”。不强加观点，不灌输观念，只是分析自我、剖析利弊，让同学们自己选择，这是刘枭一直以来坚持的原则。

“只要我的努力能够使一个学生找到他大学的方向，那么我所做的就是有价值的。”在交流和分享经验的过程中，让刘枭最开心的事莫过于看到台下的同学们聚精会神地聆听，积极与自己分享他们的新想法。“当一双双专注的眼睛看着我的时候，我真的感到自己的准备是有用的。”在平时，也会有一些同学在微信上询问刘枭各式各样的问题，比如选课的建议、复习的方法，“还有些同学找我谈论理想与选择，我很开心他们愿意和我交流，不论是学习还是其他方面我都愿意做一个合格的倾听者，真诚地说出自己的想法”，刘枭笑着说。

当然，刘枭并没有满足于自己之前的表现，他反省说：“由于交流不够顺畅，与大一的同学之间还有很远的距离，而且活动的参与度也不够高。"刘枭期望在这一学期里，能够和更多的大一同学成为朋友，彼此在校园中相遇也能够热情地问候。

刘枭，还有其他的研究生导生们，依旧坚持着他们的初衷，传递着来自师兄师姐的关怀和温暖。

# “CUPL 正能量”第一百零五期毕业季专题：袁丹丹、吴易

## ——友情，不毕业

文/团宣通讯社　李衍泽　钱　瑾

“Life is about making memories，丹丹对我来说，便是最珍贵的回忆!”袁丹丹也曾记录：“我做过一个梦，梦中我被问道：若大学重新来过，你只能留下一样东西，那会是什么？瞬间记起了毕淑敏的‘我的五样’：鲜花、笔、空气、阳光、水，一个个划去，最后白纸上只剩下‘笔’。我在梦里也仿佛经历了同样抉择的痛苦，最后我说出了——朋友。”

**简介：**袁丹丹、吴易，是商学院2012级工商管理1班的两名本科生，大学四年里，两个人生活上相互陪伴，学习上互相勉励，共同参与过国家级创新项目、美国大学生数学建模大赛、全国计算机设计大赛等活动。袁丹丹现已保送至中国人民大学商学院攻读研究生，吴易已取

得了纽约大学（NYU）的录取通知书，即将赴美国深造。

## 有缘，和你在一起

"朋友的结识是一种奇妙的缘分。军训时我们还不太熟，后来同在一个寝室才渐渐发现我们有很多相似之处。"谈到友情的开始，袁丹丹说道："一开始都是寝室的六个女生一起行动，大家步调都很一致，渐渐地，能坚持早起的就只有我们两个了，于是我们就经常一起去吃早餐，去图书馆或者去教室帮舍友占座。"作息相同，让两个人彼此陪伴的时间变得更长，"我们选同样的课，上课都喜欢积极发言，中午会一起吃饭，下午一起锻炼，晚上就一起泡图书馆，交流看书的心得"。

"走街串巷"是她们的共同爱好，整个大一学年，几乎每周她们都相约一起探索偌大的北京，骑行五道口、吃遍南锣鼓巷，从花展到画展，从一起爬 1299 级阶梯的莽山到军都山的野炊，北京的一环又一环变成了她们共同的记忆波纹。除了生活中的相互陪伴、一起"流浪"，更多的还是给予彼此精神上的慰藉。2015 年的 5 月，对袁丹丹来说记忆尤深，"当时大三，每天忙着各高校的夏令营申请和期末考试，我意外病倒了，去医院也检查不出病因，每天要做的就是吃止疼药、跑医院。我从小到大很少生病，看着陌生的医院，第一次感受到深深的无助和对家的思念"。而吴易在那段时间里一直在昌平医院陪伴她，递送检查材料，陪打点滴，帮她转移注意力以减轻病痛。"幸亏她一直在我身边，我才能坚持下来。"袁丹丹说道。

## 不同，但不约而同

大学里，袁丹丹和吴易怀揣着不同的梦想，走着不同的道路：袁丹丹喜欢钻研学术；吴易则把英语当作爱好，热衷于参加各种英语比赛。尽管两个人的选择不同，但共同努力是她们的默契。大二时她们一起学托福，一起熬夜做市场营销的presentation，一起申请大学生科研创新项目；大三时，她们目标更加明确，每天坚持7点到教室“打卡”，吴易学GRE，袁丹丹准备保研资料，到了期末复习月，她们彼此分工、整理笔记、梳理考点。袁丹丹不禁感慨：“要做自己喜欢做的事，不需要互相迁就，虽然我们各有不同，但是我们不约而同。”

准备“保研”的日子，让袁丹丹难以忘怀：“那时要等待各高校‘夏令营’的结果，心情很烦躁，提不起精神。吴易感受到了我细微的变化，她就拉着我到‘麦胡’，在一家甜品店请我喝‘红豆小汤圆’，鼓励我说出自己的担忧和顾虑，一起面对心中的阴霾。‘保研’这一路，她都在给我加油、打气，也许朋友就是在你最狼狈的时候也会让你觉得，你依旧是最棒的！”

**感谢，踏实的信赖**

虽然两人有很多相似之处，但在性格上，袁丹丹和吴易却是“一个像夏天，一个像秋天”。“吴易是个温暖、爱笑的女孩，情商高，很感性，喜欢唱歌和英语，坚持起来是个典型的金牛座，而我却是个极简的小水瓶，理性思考，看事情敏锐，喜欢problem－solving。”袁丹丹笑道：“虽然也会有些小摩擦，但我们都会及时说清楚，化解矛盾。这种性格上的互补带来更多的是直觉上的共鸣，我们经常在面对同一事物时闪出同样的念头，这也是一种默契。”

四年转瞬即逝，大学生活的尽头却不代表着情谊的结束。“知音，能有一两个已经很好了，朋友之乐，贵在那份踏实的信赖。好的感情不需要维系，重要的是，要以真情换真心。”吴易说。

暑假时，袁丹丹来到了吴易的家乡——上海，进行了别有一番滋味的上海“高校行”。旅行结束后，袁丹丹记录了自己的心声：“曾经做了一个梦，梦中我被问道：若大学重新来过，你只能留下一样东西，那会是什么？瞬间记起了毕淑敏的‘我的五样’：鲜花、笔、空气、阳光、水，一个个划去，最后白纸上只剩下‘笔’。我在梦里也仿佛经历了同样抉择的痛苦，最后我说出了——朋友。是的，正是成长中这个好朋友的陪伴给了我温暖和关怀。我们那么相像，一起望着前方，一起体验成长。告别上海，似乎离你出国的脚步更近了些，我不愿，但仍要含泪祝福。一定要记住：好朋友，一辈子！”

# “CUPL 正能量”第一百零六期：张运民

## ——生活中的运动员

文/校团宣通讯社　孟　葛　张熙廷

骑行远征，颠簸泥泞，有时绕行百里，有时行经“蚂蟥区”，从海拔3000米的桑科草原到群山环抱的川府平原，再到谷深峡高的云贵高原；从田径场到泳道河畔，再回归健身馆……运动的不停歇、不止步，使张运民的大学里程始终迸发着、释放着青春的热度。

**简介：**张运民，人文学院2012级哲学1201班本科生，连续四年参加校运动会，并三度取得乙组全能项目第一名。曾担任“万里车协”副会长兼技术部部长，多次参与远征骑行。获得北京市校园铁人三项、小轮车两项竞赛第三名，2014年“第二届环浙江国际名校邀请赛山地越野赛”第十三名等奖项并多次参加全国各地的马拉松赛事。

### “运动，是生活的一部分”

在南方河边长大的张运民，小时候常常在河水中游泳和玩耍，“小时候，一玩就是一整天，天生对运动与自然充满着向往"。早在中学时期，他就想加入田径队等校园运动社团，但由于家人对其学习的要求，他的兴趣一直处于"压抑"状态。可是，这种兴趣的火种并没有消失，而是在大学的环境里"一发不可收拾"。

大一时，张运民就加入了篮球队，同时成为"万里车协"的成员，骑行昌平、爬蟒山、环跑水库、在体育馆做负重训练等都成为他课余生活的一部分，"跑水库、骑车一般都是半天或者一整天"。通常，下午 3 点到 5 点，张运民都会跟随校田径队在操场训练，5 点以后还要带院队一起练习。高强度的间歇跑每次都在两个小时以上，100 米慢跑、100 米冲刺，一直持续不间断；五公里以上的长跑训练也是家常便饭。"对运动、对自然的热爱，终究成为我生活的一部分。"张运民如是说。

## "我是后骑，我是队长。"

张运民第一次参加远程骑行，是从兰州市甘肃农业大学出发，那时，他未曾想到这历时月余、总长 1000 多公里的远征会出现那么多的困难。作为一个有 20 多人队伍里的后骑队员，张运民承担着帮助掉队队员归队、运输修车装备及其他必需物资的任务。

还未走出兰州城，因购买燃气罐而延误的后骑队伍就比原计划晚出发了四个小时。而接下来等着他们的则是连续几十公里的上坡。"队伍早上八点出城，而我接近十二点才出城。因为差距实在拉太远了，等我追上大部队已经是下午两三点了。"张运民描述道。追上休息完毕准备启程的车队后，他没有吃饭，而是选择跟着队伍继续前行。

七八天后，队伍行至桑科草原无人区，有队员突然摔车受伤，队伍将伤员送至医院花费了很多时间，为了在计划时间内到达集结点，只能选择租车前往。而张运民此时作为后骑，正在护送一位膝盖有伤的女队员，为了尽快和大部队会和，两人只能通过赶夜路追上队伍。入夜的草原静得可怕，气温骤降，夜幕笼罩下也只能隐约看到道路两旁相隔很远的微弱路灯。途中还遭遇了藏狗追赶，再加上饮用水短缺，期间的分分秒秒都显得格外漫长。经过了 40 多公里的夜行，两人才终于赶上了队伍。

作为后骑，张运民一直承担着将掉队队员“推”回队伍的担子。“有人半开玩笑地对我说，如果运民到了那就说明全队人都到了。”张运民说：“我听了之后很开心，我是后骑，我是队长，因此每次我都提醒自己——我要承担的更多。”

### “再努力一点！”

大三上学期，离开社团生活的张运民将更多的时间投入到了自我训练中。他决定去参加 2014 年北京市的国际马拉松赛！准备期间，持续两三个月，他每天下午都会去田径场一个人“数圈”——独自跑步一到两个小时。“就是喜欢！”张运民说，“既然喜欢的话，就努力一点，再努力一点”。

10 月，张运民如约参加了人生的第一场马拉松赛，并获得了自己的最好成绩：3 小时 31 分钟。3 小时 10 分已属于国家二级运动员水平，而他的成绩也在参赛的 3 万人里排到了 2000 名左右。此后，张运民还参加了 2015 年国际马拉松运动会、天津马拉松赛。2016 年 5 月 1 日，他还将赶赴秦皇岛参加秦皇岛国际马拉松赛。

在学校田径队中，张运民结识了很多大学生运动员。在运动训练时，他们是“战友”，更是朋友。空闲时间里，他还会对低年级的运动员进行指导：商学院运动员的接力跑、外国语学院的跳高跨栏、刑事司法学院的标枪……不论是竞争对手、还是师弟师妹，他都尽其所能。"主要在于共同交流，共同进步吧！"张运民说，"成绩不好还是其次，更重要的是姿势不对就容易受伤，我觉得自己有责任帮助他们答疑解惑"。

2016年校运动会是张运民本科阶段参加的最后一届，作为大四毕业生，他仍旧没有放弃证明自己、挑战自己的机会，"六项全能""110米跨栏""400米接力"……而在生活中，坚持不懈、超越自我，张运民同样也是一名运动员。

# “CUPL 正能量”第一百零七期：郭宇

## ——“我是法大人”

文/团宣通讯社　高子强　陈慕寒

在法大，学会“责任”，从北京到广州，骑行万里，为普法尽己所能；走出校门，延续法大精神，用担当奉献岗位。作为92级的大师兄，他希望为师弟师妹提供更多的帮助，“从学校到社会的过渡期是很艰难的，我希望能够为师弟师妹们做些力所能及的事情，因为我们都是法大人”。

**简介：**郭宇，1992级经济法系三班，1996年毕业后回家乡四川省工作，现任四川省政法委政法研究所所长兼研究室副主任。2008年四川省政法系统抗震救灾先进个人，2014年四川省政法委优秀公务员，获三等功荣誉。法大四川校友会副会长，法大四川校友足球队领队。

## 四载军都情

九二年时，体育馆、网球场还是杂草丛生的荒地，足球场也还是一片黄土地，寥寥可数的教学楼纵横其间。尽管当时的校园环境并不那么美丽，但是隐于其中的大师的气度与德行却给郭宇留下了深刻的印象，时至今日，历历在目。

"依稀记得江平先生的一次讲座，先生着急授课，慌忙中掉了假肢。他不顾同学们的劝说，依然忍着痛楚完成了讲授。那一刻我深深地为江平先生的坚持而感动。"郭宇回忆道。从那时起，这种责任与担当便在郭宇的心里扎下了根。

1993 年暑假，郭宇和其他 15 名法大学生自发组织了"北京—深圳普法万里行"活动，这也是全国范围内大学生首次举办这样的活动。在北京天安门广场举行了授旗仪式后，他们沿着 107 国道，一路向南。当时正值酷暑，为了避开中午最为炎热的时段，他们每天都是在 4 点钟起床，然后一直骑行到 8 点再吃早饭。在骑行普法的一个多月里，他们大约有 23 天的时间都是在骑行的路上，几乎每天都会行进一百多公里。"当时一天骑行最长的距离是从岳阳到长沙大概一百七十多公里。有时天已经黑了，我们还在山上，道路一侧就是悬崖，很危险，当汽车迎面而来的时候，灯光晃得什么也看不见，只能停下。"郭宇说。

他们在所行经城市的中心拉起宣传横幅，向群众发放印有普法资料的宣传单，并且设立咨询台来解答群众的各种问题。"唯一遗憾的是，由于当时深圳发生了仓库爆炸事故，所以最终我们只到达了广州。"

## 奉献在家乡

毕业之后，郭宇参加了四川省公务员考试并进入四川省政法委工作，先后在省综治办、维稳办、研究室等部门工作，一晃已经二十年了。

尽管艰苦劳累，但是这并没有影响他在工作岗位上的坚守和热情。

2008 年汶川大地震发生之后，郭宇当即参与到省抗震救灾指挥部总值班室的工作中。这是一个 24 小时运转的联合指挥部，所有灾情会第一时间汇集到这里。由于地震导致很多地方交通完全瘫痪，总值班室迅速根据各地受困群众的情况，安排相关部门做好救灾物资（食品、药品、水、帐篷等）的采购工作，并运送到附近的军用机场，再由空军陆航团执行空降任务；根据各地受伤群众的情况，安排直升机、冲锋舟进行伤员的转移。抢险救灾告一段落以后，整个团队又全力转移到堰塞湖的处置、灾区防疫等工作中。由于境况紧迫，任务繁重，郭宇几乎每晚都要通宵工作，只能在夜里两三点时趴在桌子上稍微休息一下，在这种长时间、不规律、超负荷的工作之下，郭宇的身体也日渐消瘦。

由于投身于救灾工作，郭宇没有时间陪伴同在四川震区的家人，这让他感到很愧疚，“每每听到传闻或者官方报道有余震发生的时候，我都很担心，感觉很对不住他们，在最危险的时候我却没能够陪着他们”。

## 一生法大人

除了工作上的尽心尽力，郭宇在生活中对法大的师弟师妹也关爱有加。在郭宇刚刚步入工作的两年里，母校情结尤为强烈。“我当时处于一个从学校到初入社会的过渡阶段，身边却少有经验丰富的‘引路人’给予指导，那两年过得很艰难。”郭宇感慨道。正是由于这个原因，他涌出了想要为师弟师妹们做些事情，让他们顺利走过这个过渡期的想法。

在法大四川校友会活动中，除了每年固定聚会之外，郭宇还专门组织小的聚会，让校友们和刚刚毕业的师弟师妹们在一起交流经验。对此，2004 级校友钟义芳笑着回忆说：“2012 年夏，我有幸参加了师兄组织的‘校友聚会’。当时一起参加的几个校友在后来的生活中也变得更加亲切。”在师弟师妹看来，郭宇是一个总是为别人着想的人。“一直觉得他像大哥哥一样在照顾其他人。每当我们去校友会时，他就会问我们最近过得怎么样，包括我自己做的工作室，他会对我们说在哪些方面上，师兄可以做什么。”2006 级光明新闻传播学院的校友赵艾可如是说。

2014 年 5 月，85 级四川籍校友陈正宾于北京逝世。当听闻陈正宾的幼子晨晨患有先天性心脏疾病需要进行手术治疗，而他的母亲正为手术费一筹莫展时，郭宇随即组织全体四川校友会成员进行捐款。不久校友会便筹集了两万余元，郭宇立即将这笔钱汇给了在北京组织捐款的负责人，并且帮助他们完成了账目审计工作。

法大带给郭宇的更多的是法治天下的精神和维护公平正义的理念。他希望师弟师妹们，无论将来从事什么行业，都能够不忘初心，做一个中国法治建设的推动者、实践者。“我们每个人的力量虽然微不足道，但所有人的力量汇聚在一起，就是一股强大的力量。这就是包括法大人在内所有法律人的责任和使命。”

# “CUPL正能量”第一百零八期：法大马拉松队

## ——奔跑，在路上

文/团宣通讯社　盛斯佳　马丹婷

举着“中国老兵”旗帜奔跑的老爷爷们；彼此搀扶、比肩而行的伙伴们；不断呐喊“坚持”“加油”的志愿者们；汇聚在终点，托举校旗的法大人们……平常却闪光的感动瞬间充溢着42.195公里的赛道。“秦马”发起人张运民感慨：“跑马拉松是一种对待生命的态度。”

**简介：**中国政法大学马拉松队，现有队员50人，曾先后集体参加北京国际马拉松、北京马拉松长跑节、天津马拉松、秦皇岛马拉松、海南马拉松等。2016年5月，马拉松队再次启程参加2016秦皇岛国际马拉松暨全国马拉松锦标赛（第二站），全队近30人参赛，并全部完赛。

## 说跑就跑的马拉松

马拉松是一场期待中的"邂逅"，"每次在操场上看到足球队、国防生、运动员自发跑步，我就很受鼓舞。这样的力量让我一直坚持跑步，从未间断。"郭亦卓娓娓诉说她心里"榜样的力量"。从被鼓舞到带动周围的人，这群热爱运动的人已经把兴趣变成了习惯。"每次在朋友圈发'跑马'的照片，很多人都会为我们点赞，留言希望下次和我们一起跑。"

今年 5 月，全国马拉松锦标赛第二站在港城秦皇岛拉开帷幕，法大马拉松队蓄势待发。本次参赛的发起者是来自人文学院哲学系的张运民，他也是学校男子全能项目（乙组）的"四冠王"，平日里喜爱运动的他时常关注、参与马拉松和越野比赛，"这次是五一假期，时间合适，大家又都很感兴趣，那就一拍即合，报名参赛"。

然而，去往秦皇岛的路途并非一帆风顺。几经辗转，张运民在赛前晕车了，个别队员也或多或少地出现了不同程度的水土不服，"好在调整得及时，没有对比赛造成太大影响。"

法大马拉松队如约起跑。

## "秦马"中的法大人

"因为都是业余选手，平时要兼顾学习和训练，而且学校场地器材等资源有限，训练也不到位。很多队员对马拉松的了解也不充分，甚至缺乏实战经验，备战'秦马'对于队里的大多数人而言是'初战'"。比赛中，队员们"意外"迭出。庞菁一是政治与公共管理学院行政管理专业 1201 班的学生，备赛期间身体不适，为了照顾队友，法学院

1201 班的张钊主动提出为她带跑。“考虑到女生的特殊情况，前五公里我们就慢慢走。”马拉松的每个阶段都有一个关点，两人几乎踩着收容的时间限制走出了五公里的关点，这才没有超出时限被“收容”上车，然后他们又从最后一名开始追，直到追上大部队。张钊在比赛途中也出现了膝盖疼痛的症状，几次想要放弃，“但想着男生肯定不能比女生先放弃，我就陪着她一起跑。”张钊打趣地说，“菁一途中吐了好几次，但是吐完之后继续跑，这种坚强反而激励了我，让我也跟着她坚持了下来”。最终，两人赶在“兔子”（定速员）前跑过了终点。回想起比赛经历，张钊幽默地感慨：“前面是终点，后面是‘兔子’，我们最终甩开‘兔子’，跑过了终点，收获了满满的幸福感。”

与此同时，民商经济法学院 1201 班的国防生陈绿则进行着一场自我对抗。由于在某个下坡时速度过快，大大地影响了后面的比赛，陈绿在赛程中大腿抽筋几十次，“每跑二三十米就要停下来走一走，我不想放弃比赛”。跑至 30 公里时，陈绿遇到了一位身穿“K 字头”编号（年龄最大组的编号）上衣的老奶奶，“她一边鼓励大家跑起来，一边带头大步甩臂地向前走”。陈绿边说边起身模仿当时自己的状态，僵硬的双腿呈现出机械而倔强的姿态，带着这股倔劲儿，他成功完赛。

## “跑马”，对生命的态度

马拉松并不是场单纯的竞技，而是多元主体的自我挑战和精神慰藉。在终点前不断鼓励参赛选手的志愿者们、举着“中国老兵”旗帜奔跑的老爷爷们、互相搀扶并肩而行的伙伴……细小而闪光的感动瞬间充溢 42.195 公里的赛道。当一行人在终点汇聚，托起法大校旗合影的时候，还吸引来 2006 级的师姐，“很惊喜，也特别地感动。”张运民感慨，"可能对我们这群人来说，跑马拉松是一种对待生命的态度"。

"秦马"之后，陈绿对马拉松有了新的认识，"我有时会想，为什么别人能坚持下来，而自己不能。我平时是不是遇到一些困难就会放弃?"他坦言，"真正做好充足准备的人，才能从战术上、战略上顺利地跑完全程"。庞菁一和这群志同道合的伙伴们在一起，也变得更加积极乐观，"希望老了也能一起跑马拉松，想到以后还会相约跑步就觉得很温暖。"张运民认真道，"今后可能会成立马拉松协会，这次时间比较仓促，只做了中国政法大学马拉松队的旗子，以后会提供科学的训练和一些比赛信息，学校很多人有能力做这件事情，但大家需要一个平台"。

"大学是奔跑的四年，"陈绿这样形容，"毕业前我还要再跑一次。"语毕，众伙伴纷纷应和。

"跑步的时候身体最放松、最原始，感受也是最自然、最真实的。"庞菁一笑着说，"这是'天人合一'的境界"。而郭亦卓说起陪伴自己四年的长跑，多种情绪充溢其中，"因为热爱，所以坚持。毕业不是终点。"

# “CUPL 正能量”第一百零九期：易军

## ——潜心致学，专心于教

文/团宣通讯社　孙逸纾　陈慕寒

“我学习法律以及后来研究法律，都具有一定的偶然性。”这位“一不小心”踏入法律大门的正是我校潜心深耕民法却又不局限于民法的易军老师。读书时期，广泛涉猎，充实自己；教学期间，认真做事，用心待人；工作之余，乐守淡泊，潜心学术。

**简介：**易军，中南政法学院（现中南财经政法大学）法学学士、硕士学位，中国人民大学民商法专业博士，中国人民大学哲学专业博士后，现任中国政法大学民商经济法学院教授。代表作品有《私人自治与私法品性》《法律行为生效要件体系的重构》《‘法不禁止皆自由’的私法精义》《买卖合同之规定准用于其他有偿合同》《法律行为制度的伦理基础》《民法公平原则新诠》《民法基础理论新视域》等学术论文及著作。荣获全国百篇优秀博士学位论文奖、司法部优秀科研成果二等奖、第一届法学博士后优秀科研成果一等奖、董必武青年优秀科研成果二等奖等奖励。入选教育部新世纪优秀人才支持计划、中国政法大学优秀中青年教师培养支持计划等。

## 热衷于“风姿绰约”的民法

易军是从大学本科时期开始学习法律的，“小时候看到我家附近法院的广告牌上贴着法院的判决书，往往是刑事判决书，总是说要判决某某多少年徒刑、死刑等，上面还用毛笔打个大叉。那时候对法律并没有亲近的感觉。当然，后来学习了法律，尤其是民法，才发现自己最初对法律的印象是契合中国传统社会中人们对法律的印象，也因此对法律的看法才开始改观。”

学法之初，他“读一门，爱一门”。随着对民法学习的深入，愈加产生了浓厚的兴趣。“在求学与研究的早期阶段，我对民法的具体制度的研究很感兴趣。在后来的学习与探索的过程中，逐步对民法基础理论产生比较浓厚的兴趣。”

虽然是民法的研究者，但他的思维并不会局限于一个学科。读博士期间，他的阅读范围不局限于民法领域，除了法理学、法哲学等以外，还涉及政治哲学、道德哲学、经济学等方面，这对他现今的研究方法与研究风格产生了重要的影响。“首先，各学科主题虽然不太一样，但不少东西是相通或契合的。来自其他学科的见解能增加我们对民法的感悟和理解。其次，可以运用民法以外的其他学科的知识或工具来研究和看待民法问题，这样不仅可以实现观察与研究视角的转换，而且能开阔学术研究的视野，避免‘只缘身在此山中’的观察局限。”易军老师解释道。

当深入了解民法以后，他便爱上了这门科学，“当你时常发现民法其实也有‘风姿绰约’的时候，尤其是体会到她的体系性的美，以及一些冰冷生硬的制度背后其实涌动着深邃灵动的思想的时候，你难道不会热衷于她吗?!”

### 厚积薄发寻“惊艳之美”

做学问需要耐得住寂寞，学术成果的诞生往往是长期的酝酿与积累，绝非一日之功。“就我目前自己感觉相对比较好的研究成果，或者学界同仁有较好评价的一些成果，说实在话，不是短期内完成的。要在不长的时间内拿出优秀乃至卓越的研究成果，我力所不及。但还好，我有一个优点，就是能够坚持。”

有时候，为了完成某一主题的文章，他阅读思考积累的时间可以超过十多年，甚至更长。比如发表在《法学研究》的《买卖合同之规定准用于其他有偿合同》一文，是他 1999 年左右读硕士研究生时就想写的，但受限于水平与研究资料的不足，一直未能完成，2014 年才完成此文。这也是目前为止，汉语世界内第一篇有关该主题的研究成果，对于推动我国学界重视“合同法分则”这一研究相对较薄弱的领域的研究具有较大的意义。

易军老师的学术成果像他的孩子一样，都经历了长时间的孕育。还有发表在《中国法学》上的《法律行为生效要件体系的重构》一文，也是易军老师写博士论文时就想写的，当时因觉得自己思考不成熟，博士论文中并没有写这一章。后来经过了约10年的思考积累，才完成此文。而《私人自治与私法品性》一文，也是思考积累了八九年之后，几乎推倒原文，又重新写了一篇……心无旁骛，潜心思考与研究，厚积而薄发。

这些潜心而得的研究成果获得了学界较高的评价。"当一个人为完成一件事情而花费比较长时间的心血与精力时，这项工作的成果往往不会差，甚至有令人惊艳之感。"易军老师始终相信：勤能补拙，持之以恒，终有收获。

## "尽到做教师的责任"

作为一名教师，面对学生们关于专业学习方法、未来职业选择、学术论文写作等方面的问题，他总是悉心解答，"可能通过当面交谈的方式，也可能通过邮件的方式。了解到他们的具体情况之后，对于他们比较好的想法，我会加以鼓励，对于他们的顾虑，我会加以宽慰或排解。"

易军老师曾带过的一个研究生，对在读研期间如何着力充满困惑。易军认真阅读了他的本科毕业论文后，经过与学生本人的几次交谈，了解了他的研究兴趣与风格，对于这一点，甚至学生自己也没有清楚地意识到。最终，易军老师帮他确定了符合他长项的硕士阶段研究题目。"他在这三年里，非常勤奋地在该领域展开思考与研究，到毕业时，成果丰硕。我觉得，作为一位老师，要善于根据学生自身的具体情况，发掘并激发出他们的潜能。”

易军老师基本上依循传统的讲课方式，板书比较多，他认为通过这种方式，同学们能够多做一点笔记。“身为一名老师，我一直这样想，也一直这样做，那就是，既然是一名教师，就要尽到做教师的责任。只有本着此种态度，才会尽心地备好每一次课，尽心地授好每一次课，尽心地解答同学的各种问题。没有这样的态度与责任心，再好的教学手段或方法其实都免谈。”

“易军老师对同学的辅导特别用心，对于课后的提问，他总是不厌其烦地一一解答，很多次都误了校车，最后只能自己想办法回去。”易军的研究生李昶这样说，“还记得老师曾经指导我的论文，他不厌其烦地帮我修改文章的结构和行文表述，有时我深夜发稿给老师，他第二天就能回复我新的意见，如此反复五、六稿，老师总是能够给出切实有价值的指导意见，而他的勤勉更让我感动。”

在教学过程中，易军注重结合自己的研究专长，将自己的研究心得与研究成果融入课堂教学，以达到更好的教学效果，尽量使自己的学生想得更广、想得更深，也更有收获。在合同法授课过程中，易军结合自己的研究特色，阐释“合同法的三维——哲学之维、伦理学之维、政治哲学之维”的内容，希望借此开阔同学们的眼界、激发同学们的兴趣。李昶说：“大三时曾选了易老师的课，让我耳目一新，第一次体会到民法作为一门社会科学的魅力，不再是冰冷、机械与枯燥的法条。”

在学校64周年校庆之际，正在德国访学的易军老师也为学校献上祝福：“祝福法大生日快乐！祝福法大的事业蒸蒸日上！期望法大能够为中国臻于自由、平等、公正与法治之境做出更大的贡献！”

期望法大

能够为中国臻于自由、平等、公正与法治之境

做出更大的贡献！

易军

2016.5.16

**易军老师二零一六年五月十六日写于德国**

# “CUPL 正能量”第一百一十期：万里车协

## ——军都骑士团

文/团宣通讯社　李嘉佳　陆　娇

用双脚蹬行，在风中流浪，听耳畔风的细语，看夕阳穿越幽林；把青春涂满大地，用我们躬身骑行的身影；让年华谱写奇迹，凭一颗向往远方的雄心！自由之身，在路上，向着前方，不停息！

——王松（08 级法学院，车协成员）

**简介：**万里车协，全称“中国政法大学万里自行车协会（Wanly Cycling Association of China University of Political Science and Law）”，成立于2001 年9 月，是法大历史悠久的户外型兴趣社团，今年是“车协”成立第十五周年。协会成员曾骑行过青藏、西安——敦煌等多条线路。社团活动丰富，除组织常规、假期骑行活动之外，还会进行公益骑行、调研，尝试通过骑行的形式，走出校园，走进社会，丰富自我，感受人文情怀。

## 走遍天下，万里为家

"勇闯天下，万里为家"是"车协"精神，每年社团都会组织自行车远征活动，一路骑行到遥远的边区。

2012 年的远征路线为海南环岛，从海口沿海南岛东海岸线到达三亚，再从海南岛中部穿越五指山区热带雨林到达海口，总行程 800 余公里，历时 12 天。世上没有简单的事情，何况是 800 多公里的长途骑行。路途漫长是骑行的第一大困难，每天队员们都要骑行 100 公里左右，长时间的骑行，会让队员们的手脚麻木，身体疲惫，但是为了梦想的远方，队员们还是毅然决然坚持了下来；骑行遇到的复杂的路况与天气情况是第二大困难：没灯的隧道、身边随时呼啸而过的重型载重车，还有随时出现的爆胎……"雨骑""夜骑"也是家常便饭，但是队员们咬着牙还是坚持了下来。

这次海南环岛骑行带给队员们最大的感受就是团队合作的归属感和荣誉感。"这次环岛骑行'车协'得到了某运动品牌的服装支持，整个团队穿着统一的服装，十分有归属感，骑行的时候也感到十分有力量。"队员吴其恩说道。队员游宗源也感慨："骑行过程中大家互相帮扶、面对困难，这正是我们法大人的精神体现，而在骑行过程中，我们也交到了一辈子的好朋友。"

## 关注社会，感受人文情怀

骑行不是唯一的目的，队员们不只是骑手，更是关注社会的大学生。

2014 年夏天，万里车协远征西南，在香格里拉藏区和泸沽湖地区进行了关于"当地藏族、摩梭人母系社会的法制问题"的调研。调研组组长张钊说："很多事情，人只有亲身经历，才会发现事实的真相。"泸沽湖边的摩梭人在今天仍延续着千年前的母系家庭传统，以母系血脉相连接的家庭成员们，聚在祖母房的火塘前，用一种我们不熟悉的方式彼此尊重，敬爱生活。摩梭人家中看不见"父亲"和"丈夫"，在一段"走婚"关系中，女性不必过问长辈的意见，更不用考量男方的财产。衡量两人关系远近的唯一因素，是彼此的情感。除此之外，他们没有共同的家庭，没有共同的财产，连接他们的，唯有爱。

为了研究少数民族习惯法中妇女的权益，了解当地的风俗，他们特地走访了云南省民族宗教事务委员会，得到了他们的支持和帮助，为远征队提供了大量关于当地风俗和习惯的文献和资料。西南边陲骑行条件恶劣，有些地方会出现手机没信号的情况，他们只能冒着随时可能失联的风险；有些路况不好的地方，一路上全是沙石地，会有同学从车上摔下来受伤；有时因长久骑行，车的中轴零件损坏，队员不得不停下来修车。他们每一天住宿的地方都不同，有时在大仓库中用睡袋解决，有时寄宿在藏民家，但他们从不会因为环境的恶劣而放慢他们的骑行之旅。

### 以梦为马，骑行天涯

通过骑行，从前体弱多病的队员不但获得了强健的体格，还拥有了勇往直前的气魄。从前独来独往的"独行侠"懂得了团队合作与集体荣誉，而组织者更从一次次的活动策划与协调中学到了组织管理与风险管控。队员们收获了友情，甚至还有爱情。远行的日子，不仅仅是骑车，更是一种经验的学习与心灵的成长。"骑行的最终阶段可能是一个与自我对话的过程。我们平时实在是太忙了，都忘了与自己交流，而骑行是一个契机。你尽可以天马行空，在宁静的山间细细分解凡日间的琐碎。不敢说已经到达所谓的境界，但至少会学习着去感悟。这让我得到了看待生活的不同视角——不汲汲于事，不汲汲于人。"车协现任会长谢天感悟道。

远征不是车协的全部，在成立后的十五年中，有2002年精妙策划的"五十周年校庆八达岭骑行校旗签名"活动，也面临过濒临解散的危机……而更多的时候是一天天、一年年，在路上从不停歇，十三陵水库、花海、蟒山……也留下了他们车轮的印记，车协用它的精神力量感召着更多法大学子，从军都山脚出发，向着永无止境的前方。

"冰川万年不化，大河奔流不息，巍峨雪山，他自屹立，千古如是。大风东来，暴雨西至，你什么也征服不了。在路上，你就是风景，享受残酷与美好。"远征队的马扬同学说，"这是车协教会我的，而我们的生活又何尝不是如此！"

# “CUPL 正能量”第一百一十一期：张立泉

## ——兰一楼里的“长跑大爷”

文/团宣通讯社　韩金杰　王佳燕

法大校园里，兰一宿舍楼的“楼管”在同学们心中一直是“偶像”一样的人物，年过六旬，依旧坚守在长跑一线，十一年“跑马”经历也带给了他无限的乐趣与收获。

**简介：**张立泉，1955 年生人，北京昌平人，现为昌平校区兰一宿舍楼管理值班员。自 2006 年起，连续十一年参加北京国际马拉松赛，利用业余时间，指导法大学生参加长跑训练，被同学们亲切地称为“张大爷”。

## "跑马"生涯

初见张立泉，他肤色黝黑，体格健硕，朴实而和蔼，就是这样的一个老人，从2006年开始便一次次地突破自己的极限，"挑战自我"成为他生活的一部分。

回想自己的长跑经历，他很有感触："2006年之前也跑，不过一次只跑三公里、五公里的短距离。有一次去十三陵水库跑步时，有个人看我跑得不错，就问我想不想加入俱乐部。"就这样，机缘巧合，张立泉加入了昌平区长跑俱乐部，找到了组织后，他对马拉松的热情就一发不可收，一跑就是十一年。

加入俱乐部不久，在众"跑友"的鼓励下，张立泉报名参加了北京国际马拉松赛。比赛前，他担心自己的体能不足以支撑整个赛程，情绪有些焦虑。好友宽慰他"就当是在跑5公里，别老是想着'42公里'"。最后，凭着平日里坚持跑步积累的经验以及顽强的毅力，他以4小时03分的成绩跑完了全程。良好的开始是成功的一半，也许就是第一次参赛带来的成就感，让他坚持参赛十一年。

参赛历程中，2009年的马拉松比赛给大爷留下了最为深刻的印象。"当时跑到16公里左右，路上有很多空瓶子。我当时想跨过一个空瓶，正好有两个年轻人想要横穿马路到道路旁的绿化带去，我一下子就被撞倒在地上了。"大爷回忆道，站起来之后，大爷的脚踝有些麻木。"还跑不跑?"他问自己。答案是肯定的，"就是走也要走完全程!""当时就只是想着要超越自己，只要跑完了就是一种胜利。"依靠着这样一股韧劲儿，或者说是因热爱长跑而从心所欲的"任性"，他坚持跑到了终点，这一次没有奖杯，没有证书，他却是运动精神的无冕之王!

图为张立泉曾获得的奖牌

## 和“后生”一起跑

热爱不是一个人的事情。张立泉不仅自己坚持跑步，而且经常带着“兰一宿舍楼”里的后辈们一起跑，向他们传授自己跑步的经验。刑事司法学院2011级本科生刘志豪和他是忘年之交，刘志豪在校期间参加过校运会的五千米长跑项目，期间领跑八圈，最后取得了第三名的成绩。赛后，刘志豪并不满意，向张大爷请教原因，张大爷帮刘志豪分析：“领跑会带来一种无形的心理压力，风力的阻挡也会影响成绩。但如果选择一个目标，采用跟随跑的战术，在冲刺阶段只需要克服几步路的差距，不但缓解了心理压力，还更容易取得好的名次。”

长跑不仅仅是一项强身健体的运动，更代表着一种永不服输、永不放弃的精神。“大爷传授的是运动的技巧和比赛的战术，还以自身行动向我们诠释对于长跑的热爱和坚持。他告诉我们什么叫做'不抛弃不放弃'的毅力、迎难而上的朝气和拥抱生活的热忱，这就是——榜样的力量！"刘志豪说。

张立泉特别喜欢2016年"我的青春法大"迎校庆长跑活动，他认为，"现在的大学生应该留出至少10%的时间用来做体育锻炼。'革命工作'也得有好的身体，坚持锻炼、劳逸结合，可以达到'磨刀不误砍柴工'的效果。"他还建议大家"跑步时要掌握好技巧，要懂得循序渐进，遵循规律，不要透支自己的身体。"

## 生命不息，奔跑不止

除了马拉松，张立泉还喜欢爬山，晨光熹微，约上三两好友，爬昌平北山，共享攀登之乐；他爱骑行，精心保养山地车，加入"神路骑兵"骑行组织；他爱公益，景点"捡垃圾"、募捐活动中都有他的身影；他还时而流露出文艺的气息，午后小院，群友闲话，吹起葫芦丝，一曲《月光下的凤尾竹》带来沁润心田的畅意和安宁。

2016年是张立泉第十一次征战北京国际马拉松赛，"我不跟别人比，我只希望比自己上次的成绩提高15分钟。"尽管这位老将已经61岁了，但他仍在坚持，"只要身体不出问题，就会一直跑下去，直到跑不动的那一天。"坚持跑步以后，张立泉几乎没生过病，从退休到现在，他几乎没用过"社保卡"，"我的两个女儿经常坐在电脑桌前，一坐就是一天，看到我经常跑步，身体越来越好，现在也时常走路上班。这也许就是运动的魅力吧！"

"马拉松已经成为一种习惯，就像吃饭、睡觉。"张立泉说。生命不息，奔跑不止，跑步是一种习惯，更是一种向上的生活态度。

# “CUPL 正能量”第一百一十二期：代元盟

## ——务实求真的学生代表

文/团宣通讯社　王佳燕　张熙廷

正装肃穆，一丝不苟，挂着学生代表的身份牌，他和前来参加中国政法大学学生代表大会的其他学生代表一样。大会上，他正在对一个提案问题有针对性地提出自己的疑虑，严肃而认真。

**简介：**代元盟，商学院成思危现代金融菁英班 2013 级本科生，校学生代表大会学生代表。商学院田径队第一任总队长，曾获 2016 北京市春季田径运动会乙组 1500 米、5000 米冠军，1500 米、5000 米校纪录保持者。万里车协实践部前部长，荣获 2015 年“十大社团人物”评选活动第四名，个人微信公众号“履霜坚冰”新媒体运营者。

## 履霜坚冰：理性发声之始

成为一名学生代表，缘起于他所创立的个人公众号。

最初，由于自己在长跑方面频获佳绩，颇有心得，代元盟在体测前写了一篇跑步经验分享的文章，为了让更多的人受益，他创建了个人公众号。文章引发的关注出乎他的意料，“既然引爆了一个热点，那就要做下去，把它做好。”代元盟给公众号取名“履霜坚冰”，语出自《易·坤》卦：“初六，履霜坚冰至。”意为脚踏在初秋的轻霜上，预示着寒冷的冬天就要到来了。他用这个名字提醒自己从身边的小细节去发现大的问题，通过自己和组织他人的力量及时去解决它，防微杜渐，掌握主动权，这也成为代元盟公众号的运营理念。“独立的批评能力和精神”“不盲从权威的自发见解”“不依附任何势力集体的气象”，这是“履霜坚冰”的核心理念，代元盟以此时刻提醒着自己做一个理性的发声者。

微信平台上，代元盟在菜单栏加上了自己的名片链接，用来和阅读者互动交流。“还真的就有很多人来找我，问我有些问题能不能深入地去了解下。”3 月，代元盟推出了一篇名为《法大的夜晚，能否给她更多的安全感》的文章，开始思考学校安全环境优化的可能。面对七千多的阅读量，代元盟承诺将竞选学生代表，提交关于门禁问题的吁请。

## 吁请提案：务实求真之行

为了履行自己的承诺，将门禁的提案落实成具体的行动，代元盟通过竞选成为一名学生代表，关于学校门禁问题的提案也得到了很多代表的附议。于是，代元盟就带领大家行动了起来。做问卷，了解师生的看法；联系同学，展开高校间的横向对比；查资料，研究具体方案的可行性……三个月后，代元盟所提交的提案已经达到 10000 余字，包含 5 个附件。在学生代表大会预备会议的文件上，校保卫处也明确回复门禁提案将会提交至学校进行研究讨论。

担任学生代表之后，代元盟体会到了个体发声和群策群力的不同，从关注自己提案的可行性到对其他学生代表的提案的思考，他发现了更多的学生权益亟待维护。“学生和学校的良性互动不仅需要学生代表的清晰认知、学生委员会的传达，还需要校方提供更加畅通的信息公开渠道。”

## 格物致知：做尽职学生代表

代元盟还利用课余时间完善了部分有关占座问题的提案。带着一种格物致知的渴求，为了解有限的硬件措施如何充分发挥效用，他到知网上搜索了权威的论文材料，用一种搞研究的态度对待每一个问题。“只有我对这个问题充分了解，我才有资格进行质疑。”他说。“怀疑须合理，发声请慎重”，这是代元盟对自己的警示。“当你想批判的时候，你要确信你对事情有了清晰的认识和清晰的判断。这一点需要这个世界为你提供充足的信息，也需要自己有一套完整的认知世界的方法体系。”

学生代表需要具有一双善于发现问题的眼睛，更要有服务同学的心。“学代会很多议题都是我平时发现的问题，写下来保存在电脑里，没事就会思考，一步步构思解决的方案。”对事物抱以了解和同情之心，全面地呈现给读者客观的信息，是代元盟作为自媒体人自我修炼的原则。

代元盟始终相信渐进的改变终究会开出花来。而这个改变的过程中，必须保留住现有的优良的东西，一点一点向前积累，不汲汲于展示自我，而是探求改革和演变之路。“每个人都是抱着解决问题的想法去做的，每一个提案，每一小步都很重要。”代元盟说。脚踏实地，步落有声，代元盟用“务实求真”四个字诠释着“公众号发声者”和“学生代表”的含义。

# “CUPL 正能量”第一百一十三期：张奥申

## ——西北法援志愿者

文/团宣通讯社　王星星　张瑞宽

宁夏银川，长达两年的法律援助工作，大西北宏伟的自然景观开阔了他的视野，更开阔了他的心胸。西北于他，不再是一个名词，而是一段旅程，一份回忆，一种情愫。

**简介：**张奥申，中央民族大学2014届本科毕业生，保送至中国政法大学法律硕士学院攻读硕士研究生，同年参加中国法学会诊所教育委员会公益法律服务志愿者项目（CCCLE），前往银川市法律援助中心参与法律援助服务工作两年，期间代理案件35起。

## 结缘法援，邂逅银川

从学校官网上了解到这个项目后，张奥申在老师的建议下决定报名。在面试中，张奥申阐述了自己对公益法律援助的意义的理解，从众多面试者中脱颖而出。“在一些比较边远的地区，法律服务资源无法满足当地的需求，作为一名法学学生，参与这样的志愿活动不仅能提高自己的实践能力，而且可以学以致用，真正帮助到有需要的人，解决他们在生活中遇到的法律问题。”张奥申选择银川是出于对西北风土人情的好奇与向往，同时，作为民族文化相互交融的宁夏回族自治区的首府，当地的法律生态更是吸引着他去体验，去探索。

初到银川，热情的群众、淳朴的民风让他很快地适应了这座城市的生活。刚到法律援助中心的半年里，他主要做一些辅助性的工作，比如帮律师备案、撰写文书、接听热线电话等，这些都是他的常规工作。半年之后，已经熟悉常规工作的他开始接触法律实务工作——与当事人交谈、协助律师出庭代理等，张奥申的法援生涯正式起航了。

## 实践中学习，服务他人

随着实践经验的积累，负责指导他的律师开始让他参与更多的工作。在此期间，他曾成功地代理了两起无罪辩护的案件。其中一次是为一起盗窃案的被告做辩护。阅读案卷后，他觉得该案件存在不少疑点，而且证据链不够完整，可以尝试无罪辩护。经过仔细地分析并取得当事人的同意之后，他坚定了自己的想法。确定辩护思路、撰写辩护词、出庭……每一个步骤，他都一丝不苟地对待，最终当事人因证据不足被判无罪。两次无罪辩护的成功给了他继续尝试的勇气，也让他对我国的法制环境有了新的认识。

相比“法律援助”，他更愿意用“法律服务”来形容他所做的事情。服务时要面对来寻求帮助的当事人文化程度不一、性格特征各异的情况，再加上方言等问题，在和他们交流时难免存在障碍。“当我们抱着学习和服务的态度时，会很愿意和他人交流。我会尽自己最大的可能去站在当事人的角度想问题，毕竟他们是因为有困难才来这里的，这样可以使自己更理性地面对当事人。”

除了法律援助，张奥申也参与普法活动。普法的内容也因人而异，去到社区时，主要讲与婚姻有关的法律知识；去到工地时，则侧重于劳动法方面的知识，如劳动报酬的发放等。他还曾和同事到一个生态移民村，为因维护生态环境而移民的村民进行普法。“他们的生活方式有很大的改变，法律的介入对他们来说很有必要。”

**投之热情，成长自我**

在实务工作中，张奥申也认识到，自己在本科时学习的理论知识还不够扎实。所以，尽管工作繁忙，他也会在完成本职工作的前提下，尽可能多地抽时间看一些诉讼法方面的书籍，有针对性地补充理论知识。相应地，他也不断地从实务工作中总结经验。在法援工作结束前，他结合自己两年的法律服务经历，撰写了题为《辩护人、诉讼代理人妨害作证罪的司法认定》的活动报告，并获得了本次项目的优秀论文奖。

谈及两年的收获，张奥申最深的感受就是补充了自己在实践方面的空缺，他学会了如何更好地与当事人交流以最大程度还原事情的真相，极大程度地提高了自己的文书写作能力，明白了作为一个专业律师在庭审中如何表现会更有利于当事人的利益等。“这两年也帮助我树立了法律人的职业责任观，明确了作为律师的职责，发现了自己在实务方面的兴趣。"

除了自身的成长，张奥申还收获了意外的感动。他辛勤的工作得到了不少当事人的认可和感激，还曾在节日里收到过他们的祝福。"多做善事，多去帮助别人，大家在相互帮助中成长。"怀着这样一种心态，他告别银川，开始了在法大的研究生生活，并积极参与了研究生指导服务本科生的"导生制"活动，将自己在两年实践中积累的知识与经验同更多热爱法学的法大学生分享。

# “CUPL 正能量”第一百一十四期毕业季专题：何方

## ——四年三色“何木匠”

文/张瑞宽　马丹婷

临近毕业，何方和他的团队一起制作为2016届本科毕业生准备的毕业礼物——“肆年”。为了追求最佳效果，他和团队走遍了法大的每一个角落。“这是责任和兴趣的统一，我愿意在毕业前完成这个任务，定格我们对母校的回忆和母校给我们的痕迹。”

**简介：**何方，刑事司法学院1204班学生，曾担任学院学生会主席，刑法诊所班长，万里车协会员，多次获奖学金和优秀干部等荣誉称号，将在毕业后赴云南支教一年，也是2016年本科生毕业视频——“肆年”的“总导演”。

## “何木匠”的工匠精神

大一时，何方加入了学生会学术部，活动宣传需要熟练掌握 PS、摄影、影音剪辑等技术，“但是那时候我对多媒体技术一窍不通，只是比较喜欢表达内心的想法。”于是何方开始一步一步地摸索。“我没有专门学习过视频制作，很多东西都是上网自学的。”通过多看、多想，结合自己作品的实际要求，进行有针对性的尝试，他慢慢探寻出了属于自己的风格。两年熬夜制作视频的辛苦与最终放映时带来的满足，让他逐渐认识到，多媒体的表达方式与自己的倾诉相契合，这为何方打开了新世界的大门。

“何木匠”是何方在大四这一年才申请的个人微信公众号。在这个平台上，他经常上传一些原创作品。谈起“何木匠”的缘来时，何方笑道，“小时候，我比较喜欢做手工，尤其是木工工艺品，所以给自己的公众号起了这个名字。”大学四年，何方的每一个成品都蕴含着自己的感情。慢慢地，他习惯用“工匠精神”来激励自己：完善细节、重视积累。

不久前，他自制的微电影《Cuplapse》一经发布，就在校园内引起了不小的轰动。聊起制作过程，何方经验满满：“我前期做了很多准备，调试了很多参数，为了达到预期效果，还自制了一个滑轨方便拍摄。”随着经验的积累，他的水平逐步提高，他坦言，相对于现在，自己大一、大二时的作品存在着很多不足，有很多进步空间。

## “何导演”的毕业作品

毕业前夕，何方应邀成为“肆年”毕业视频的“总导演”。没有专业的技术和设备，也没有抓人眼球的取景场地，怀着对法大四年的感情，制作团队的“草台班子”就这样组建起来。“作为大四毕业生的一员，代表大四毕业生，表达心声，‘草台班子’又如何，再困难也总能想出办法来解决。”何方带着舍我其谁的魄力开始了他的“导演”之路。

架构视频制作主线、准备道具、选定场地；请演员、沟通协调、调整剧本；剪辑、配乐、调色……每一个步骤，都少不了何方的亲力亲为。制作团队去过法大的体育场、篮球场、模拟法庭教室……走遍整个昌平，还去过北京市区。为了拍出法大最美的日出日落，他们在校园各处取景。“我们现在甚至知道在法大的每一个角落，太阳升起的大致角度。”何方用手比画着，调侃背后是十几天不眠不休等日出的体验。

何方还记得一行人去国贸取景的经历。在国贸立交桥底下，他和伙伴们、演员们经过多次尝试，终于找到了最佳拍摄位置，等到收工回校，已是晚上九点多。回校的车上，披着一身星光，回想起一天的拍摄体验，何方感慨，“参演的同学都已经大四了，事情很多，但在收到邀请后都准时赶来，一遍一遍在镜头前摆姿势，我很感谢他们，也很钦佩。”

何方的毕业作品——“肆年”，将在 2016 届本科生毕业典礼上播放，“这会是我探索‘多媒体’四年以来，为法大上交的一份最满意的答卷。”

### “何同学”的四年时光

对何方而言，“多媒体”是一种“艺术活”。四年来，他花了大把时间自学相关技术。这些付出，不但增强了他的技能，在一定程度上甚至还让他的品性得以磨炼。"任何东西做到极致，都会使人产生从里到外的改变。"跑场地、与演员沟通、查资料，不仅拓宽了他的视野，还使他的表达更加流畅。这些磨炼也让他在许多竞选、演讲中变得轻松自如。

抛开"木匠"和"导演"的身份，何方是一个不断自我挑战的大学生。他在刑事司法学院学生会度过了三年时光，并参加竞选，成功当选学生会主席，参与组织了多项活动；作为车协成员，他每周周末参加集训，为假期的远征做准备。和多媒体技术一样，对于何方来说，这些事情都能够提升能力、磨炼品格，并从中获得快乐。

"我是第一次如此舍不得离开一个地方。"谈及毕业，何方流露出浓浓的不舍。即将毕业的他，对自己的未来也有一份清晰的规划。"我希望能在法律领域取得成就，对社会进步、国家发展有所担当。要实现人生理想，也需要一点星辰大海。"而对于一直坚持的"多媒体"探索之路，他也不会放弃，"做视频不只是一项技术，它在不断向艺术靠拢。毕业后，如果条件允许，我会继续坚持这个爱好。"

四年三色，何方于法大，收获三色生活，雕刻四年时光。

# “CUPL 正能量”第一百一十五期毕业季专题：程时豪

## ——我的青春法大

文/团宣通讯社　李小趣　陆　娇

军都山下，携笔从戎。走在宪法大道上，程时豪回想起入校时的理想与四年的收获：从新兵强化训练时的疲倦无措，到操办创业项目时的忙碌坚定，笑意爽朗而热情。平凡如他，芸芸法大学子一员；独特如他，国防与创业，酸甜和苦辣。

**简介：**程时豪，民商经济法学院 2012 级国防生，12 中队副中队长。成绩优异，曾获优秀学生奖学金、校级三好学生、优秀国防生等荣誉。热心公益，积极参加各类活动，热衷于创新创业。

## 初遇国防生

2012 年 9 月，程时豪在家人的陪伴下，拎着大包小包走进了法大。刚刚放下行囊的他，还没来得及休整就被带到了新生交流会上，开始了国防生入学教育与训练。那时的他或许没有想到，这所因高中同学的介绍而偶然结缘的学校，会给他带来这么多宝贵的经验与回忆。

站军姿、练队列、跑三公里，日复一日。大一上学期的三个月强化训练期无疑是国防新生最难熬的时光。"那时候我一边训练一边盼着封寝的吹哨。"他笑着打趣，每天晚上从六点钟训练至宵禁，军姿、正步如循环播放一般一天天地单调重复。

苦归苦，有担当。在一次次的新兵教育与教官的言传身教中，程时豪更加明白了作为一个国防生的使命与责任，也是从那时起养成了遇难事绝不能放弃的态度。

训练中，最困扰他的一直是走队列。他曾困惑："我为什么和别人走不到一起去呢?"一面是教官的批评，一面是不愿意拖集体后腿的要强，程时豪在与自己的内心搏斗中挣扎着胜出，努力地跟上步伐，并渐渐找到了踩准节奏的窍门。当走齐队列的那一刻，最初的痛苦和付出都化作了云淡风轻。回想起自己有些笨拙的当初，他笑道，"现在想来，走队列其实蛮简单的，重在方法。真想不通，当时怎么就是不明白呢!"

作为一名军人，更是一名法大国防生，程时豪和他的兄弟们非常清楚自己服务校园的责任。2012 年新冬的那场雪让他记忆犹新，"11 月中旬就下了雪，厚厚的一层，几乎把路面封住"。为了方便大家出行，他和所有的国防生兄弟在校园里义务扫雪。化雪结冰的路面最难处理，为了除坚冰他们用凳子来回在路上刮，“凳子板都被铲了下来，也冻坏了手”。现在回想起来，程时豪却丝毫不觉艰辛与委屈，“作为一名军人，我们清楚自己应该做什么，清楚如何担当。扫雪只是小事，如果有更加重要的事情，我们也能一马当先冲上去”。

## 尝试不一样

程时豪喜欢观察生活，并利用闲暇时间成功“折腾”了一些事情。

大一时，程时豪在勤助中心的兼职工作中积累了不少经验，也坚定了他开学初“大学四年做到经济独立”的目标。

后来，他与同学参加了调研北京市自闭症儿童受教育现状的创新项目。大二下学期，在友成基金会的帮助下，他参加了创业大赛，获得了希望工程“激励行动”的资助，收获了许多关于创业的宝贵经验。

大三时，程时豪发现了学校新鲜水果供应少这一情况，与团队一同提出了提供水果贩卖校园提货点的创意。几经波折，成立了“缤纷果美”网络有限公司。

谈及运营公司时的经历，程时豪感触最深的，便是人员招募的困难：“大家都很忙，事情也很多，招募不到合适的人，公司很难运营下去。”因此，他一人兼任数职，学会了和十三陵的果农们进行利益博弈，也学会了以严肃谦虚的姿态聆听“导生”教诲。

对于公益与创业，他总结道：“想创业，就要对现实有清醒的认识，做好吃苦的准备。”平淡的叙述之下是无数的辛酸。但在一次次的磨炼中，程时豪迅速地成长了起来，他不喜欢抱怨，也不喜欢急于求成，“要相信，在公益这条路上，有很多人真的在努力，并且迟早会有所成效”。因为经历，所以懂得。他懂得了创业者的辛苦，更懂得了公益人的无奈。也是因此，他对社会多了一份尊重与宽容。

创新创业的项目占据了程时豪很多时间和精力，他也因此落下了一些功课，偶尔与国防生的日常训练冲突也不得不请假。但程时豪不后悔，他认为："路总要一条一条地尝试，再一条一条地排除，最后才能知道自己想要做的究竟是什么。"

## 在法大，正青春

"前阵子一直在忙，现在是时候好好总结一下自己的大学生活了。"回顾四年，除了担当与成长，最重要的还是感恩。他感恩周围所有人的帮助，更感恩自己的选择。"这四年我有收获，也有遗憾。四年前，我最大的愿望就是实现经济独立，有一个好的前途，现在我可以说，我基本做到了。"谈起梦想，程时豪棱角分明的脸上，流露出淡淡的自豪。

四年前，因偶然而与法大结缘、成为国防生；四年中，他选择了创业、司考，并最终以 421 分通过司法考试。

四年后，毕业参军，圆了初心，并带着一如既往的责任和担当，感恩生活，感谢每一份经历。

橘灯、晚风，宪法大道，又是一年盛夏……

或许若干年后，和程时豪一样的 2016 届毕业生，总会想起刚入学的那段时光，军都山上，星空闪烁；也时常怀念在无数次的选择与经历之后，心怀感恩、惜别法大，少年的憧憬和梦想，一步步与现实重叠。

# “CUPL 正能量”第一百一十六期毕业季专题：王元义

## ——三载法援路，一生法大人

文/团宣通讯社　孙逸纾　王星星　马丹婷

2012 年 9 月，一位懵懂的少年在师兄师姐的介绍下加入了准律师协会法律援助中心。从部员到部长、再到会长，三年来，他接待过许多当事人，也带领协会为法大同学组织了诸多活动：用自己的法学知识和实践，尽己所能地帮助更多的人，始终不忘为他人尽一份绵薄之力的初心。

**简介**：王元义，法学院 2012 级本科毕业生，曾任中国政法大学准律师协会第 21 届会长。在校期间，曾连续三年获得校优秀学生奖学金、校级“三好学生”，连续两年获得校级“志愿服务先进个人”，并获得校级“优秀社团负责人”、第九届中国政法大学“十大社团人物”冠军、第六届北京市大学生模拟法庭竞赛一等奖，以及市级、校级优秀毕业生等荣誉。

## 初心：做个好人

初入法大，懵懵懂懂的王元义通过师兄师姐的介绍，相中了准律师协会法律援助中心。加入部门并非因为知名度，而是看中其工作内容：“作为一名法科学生，在大学期间就能够利用自己的知识去实践，去尽己所能的帮助那些急需帮助的人。”这是王元义的初衷，也让他因此倾心法援。

大一掌握的法律知识非常有限，所以那时候的他更多是跟在师兄师姐后面学习。准律法援有两个利于大一新生的制度：一是“一带一”制度，即一个大二的师兄或师姐带一个大一新生，以便新成员遇到问题可以及时询问经验丰富的师兄师姐；二是周末培训制度，内容是大三大四等高年级的同学讲解在法援过程中经常遇到的、急需掌握的各个部门法知识。除此之外，在遇到困难时，他也会经常去图书馆借书或者在网上进行信息检索。大一下学期的时候，为了帮助当事人写一份离婚的法律文书，他在图书馆借了四五本相关书籍，通过查阅自学、认真研究，最终顺利完成了当事人的委托。

在法律援助中心，王元义接待过的不仅有寻求法律援助的当事人，还遇到过许多由于其他因素而引发的矛盾纠纷。对于多变的情况，他也有自己的理念和初衷：“法援人不仅仅只是法援人，也是愿意提供无私帮助的热心人，这是法援人的风格。”

怀着“做个好人”的初心，王元义在法援工作的岗位上一干就是三年。虽说大学这几年他在社团的工作重心不断变化，但法援的工作并没有停歇：大一大二在准律师协会法律援助中心接待当事人，大三时加入刑事法律诊所接待当事人。现在的他，仍和初入法大时一样，通过更多途径去帮助那些需要法律援助的当事人。他谦虚地说：“在这方面我做得还不够，要继续多多向师兄师姐和同级学习。”

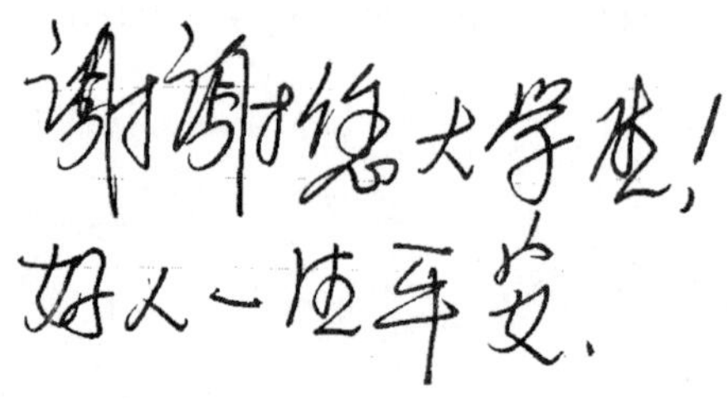


**责任：与同道者携手同行**

王元义在大二留任了法援的部长，在大三接任了准律的会长，他都立志要做到最好：“接了法援的工作，就一定要让它在这一年有所发展；接了准律师协会的担子，就一定要让它重现辉煌。”王元义对待社团有一份坚定的责任心，这让他对工作充满了干劲。

从大一到大三，从部员到会长，工作重心也发生了变化：大一时的他只做一些基本工作，从中积累经验；大二时，他需要管理好整个部门，需要自己组织活动，费心费力；大三时，他着手管理整个协会，将协会推向新的高度。

“我希望准律能重回巅峰”这是王元义大三时接手协会的最初想法。在任会长的一年中，他重视每个部门推出的品牌活动，将标准定位在“让参与的同学感受到活动组织的精致与用心”；他提出要发挥每个人的积极性，“主体意识和营造社团家文化”是他一直以来追求的目标；除此以外，他还强调要加强宣传力度，“加大协会的社会影响力”是他对协会的期许。

怀着这样的理念，王元义带领准律师协会取得了不少进步，也收获了许多荣誉：协会被评为年度"金星社团"第一名，同时自己也被评选为"十大社团人物"冠军。在组织活动中也为学校争得了许多荣誉，选拔、组织校队参加第12届"理律杯"全国高校模拟法庭竞赛获得冠军，一年间协会被多家中央媒体和首都媒体广泛报道。他认为："准律能够有这样的成绩，完全是在大家的相互帮助、共同努力下取得的，这是大家对准律这一年工作的肯定。"

谦逊、能力强、有责任心，这些品质使他在社团生活中收获了真诚的友谊，也让他的四年法大生活充满正能量。

## 法大，见证从初心到使命

匆匆四年，法律援助工作以及社团生活占据了王元义大部分的大学时光。回首四年，王元义感慨："如果当初没有选择法援、没有选择留在准律，现在的我还不知道是什么样的。""不忘初心，方得始终"是一届届法援人传下来的精神信念。何为初心？在他看来，初心就是做一个好人，一个尽自己所能去帮助他人的人。不仅仅是善良、阳光、正直，更是责任满满。四年，他怀揣着初心坚实地走着这条路。

谈及法大人的精神，王元义给出了"务实"的答案："法大人很务实，不说一些虚无缥缈的东西，只是踏踏实实地做事，拼搏在自己的岗位上，我感觉我的初心与这个是相吻合的。"在他看来，实践是务实精神中很重要的一部分，身为法大人，要愿意实践、善于实践。

"无愧于自己，无愧于准律。"这是王元义在选择大学生法律援助事业，选择接棒准律师协会后，一颗坚定不移的初心，他也受法大人信念传承的感召，在大学四年里，拥有了自己的一段"方得始终"。大学四年已经过去，他也将继续带着法大给他的印记，一路向前，"一生一世法大人"。

# “CUPL 正能量”第一百一十七期暑假专题：陈赟

## ——洪堤上的国防生

文/团宣通讯社　何雨琦　李小趣　盛斯佳

一则“江西抗洪战士酷暑下抱冰块睡觉”的网络新闻，刷爆了微博和微信朋友圈，年轻的官兵，用身体筑坝，用双手清淤，而这其中有一个“法大人”的身影——中国政法大学2010级国防生陈赟，现为武警江西总队特战集训队排长。

**简介：**陈赟，刑事司法学院2010级武警国防生。在校期间，曾担任青年志愿者协会部长，多次组织参与各类志愿服务活动，累计志愿服务时长超过400小时；在国防生模拟大队任模拟区队长、中队长和橄榄绿协会秘书长；三次被评为优秀国防生，获得三次嘉奖。2014年，毕业分配至武警江西省总队南昌市支队，后在武警福州指挥学院被评为优秀学员。2016年7月，带领武警江西总队特战集训队64名官兵成功排除了“7.10”莲北圩大堤管涌险情、“7.21”张家圩塌陷险情和“7.23”珠湖联圩大堤渗水险情等。

## 从大学生志愿者开始

2010 年，初到法大的陈赟怀着"丰富生活，修炼心灵"的想法，他热衷于各项志愿服务活动，四年里，他的志愿服务时长超过 400 小时。志愿服务增强了他的社会责任感。2016 年春节期间，陈赟在客运站执行武装巡逻任务，一方面维护地区稳定，另一方面还要解答群众问题。"和在大学做志愿者时的心态很像，帮助别人的同时，自己也能感到快乐。"

陈赟回忆参加 2011 年北京铁人三项世锦赛的一段经历：当他结束一天的工作准备返校时，却碰到一位求助的德国选手。"他的自行车坏了，找我们帮忙，因为语言不通，只能用肢体语言进行交流。"陈赟记忆犹新，"我们把他带回法大，找军都修车铺的小哥帮他修好车，但他身上没带钱，小哥很慷慨。我们又请他吃肉夹馍，那位德国选手很高兴，还一个劲儿地夸'Good'。""在法大，公益心是一种传承，但在部队，更多的还是责任。"

## 从国防生到特战队员

"毕业前，教官问我分配意愿，我说想回家抗洪去！"无心之言成了真。毕业时，面对留京机会，陈赟毅然选择回到江西老家，去守护生养他的那片山水。

起初，陈赟和军校生一同到教导队集训。强度大、条件差，在真正的军营，国防生出身的他，"书卷气"成了"学生味"。面对现实，陈赟下定决心，要在一年的时间里，完成军校生四年的内容。无论是理论课，还是训练场，他严苛律己，勇争第一。擒敌术、警棍盾牌术不会就一招一招练，身体不够协调就利用课余时间一遍一遍磨，“五小练兵”的时间就是增加训练量的时间。

功夫不负有心人。结业成绩优秀的他，回到了武警江西省总队南昌市支队。虽然家就在门口，但两年来，陈赟没有休过假。2016 年，陈赟接到命令参加总队组织的预备特战队员集训，负责培养特战队员。平日里的训练也是艰苦的：酷暑下把身体埋进沙子进行“耐热训练”；深夜里只身前往公墓深处手抄碑文进行“胆量训练”……除此之外，特战攀登、特种战术、射击、武装五公里越野，更是家常便饭。对于经历的这一切，陈赟坦言，“只希望老百姓看到身穿军装的我们时，会更有安全感。”

**身为人民子弟兵**

2016 年夏季，江西暴雨，涝灾严重，长江中下游全线超警戒水位，造成鄱阳湖水位连续上涨，台风尼伯特入赣，带来的降水使防汛抗洪形势愈加严峻。7 月初，陈赟所在武警江西总队预备特战队员集训队的 175 名官兵在接到命令后，迅速向上饶市鄱阳县机动，到达险情发生的地段后立即投入到了抗洪抢险的战斗中。

最初接到抗洪的指令时，陈赟没有告诉家人。这是他第一次经历抗洪，为了寻求最稳妥的解决方案，他专门咨询专家、请示领导、恶补相关知识。然而，现实更加残酷地考验着他和战友。抗洪期间每天近四十度的高温，没有空调、电扇太少，大家只能抱着冰块降温；烈日下，特战队员坚持连续抢险，许多人中暑，陈赟也不例外：“当时自己感觉走路都是晃的，差点晕倒。军医让我下来休息，我不同意。我拿了瓶藿香正气水，喝完又接着上了。”在他看来，身为排长，必须比普通战士肩负更多的责任，“这一片只有我一个排长，所有工作都由我们基层指挥员来落实。我倒下了，谁来顶?”陈赟和战友们带着这股狠劲儿硬撑下来。

由于洪水的长时间浸泡，鄱阳县张家圩段出现了大面积塌方，如不火速处置，情况将不堪设想。陈赟带领六名班长骨干组成党员突击队，在第一时间跳入水中。下水前，大堤上响起了“忠于祖国，忠于人民，团结拼搏，特警战斗!”的口号。那一瞬间，陈赟湿润了眼眶，“我为自己带的这些95后的年轻战士们而自豪!”陈赟带领填补队在水中奋战一个多小时，用近600袋沙袋将塌陷区域填补，初步缓解了险情。此后，又通过仔细查找和不断加固，顺利排除了险情。

大堤外是连续超越警戒的水位，站在堤上回首，堤内是安详的城市、村庄与万顷良田。陈赟心念，“人在堤在，永远守护这片安宁!”

“‘致公’是法大的精神。‘经国纬政，法泽天下’，每一位法大人自入学起就拥有这样一种家国情怀，我也不例外。”这使陈赟在工作时更多了一份使命担当和实干精神。在陈赟心中，这是法大留给他最宝贵的精神财富。“法大国防生是一个光荣的集体，我以它为荣。我常告诫自己，身为一名法大国防生、一名法大人，不能给母校丢脸。”

# “CUPL 正能量”第一百一十八期新生专题：白有为

## ——锦时少年梦

文/团宣通讯社　何雨琦　马丹婷　钟　远

可不敢在教室里跺脚，因为房顶上会掉土块。白有为在老师们口中的“危房”里度过了大部分童年时光。而少年时期的他也“过早”地感悟到“法庭之上的法官特别威武!”2016 年夏，和其他两千多名学子一样，白有为被中国政法大学录取，而不一样的是一个从大山里走出去、成为法官的梦想，正慢慢地呈现出愈加清晰的轮廓。

**简介：**白有为，傣族，云南省红河哈尼族彝族自治州屏边苗族自治县人，现已被录取为中国政法大学 2016 级法学专业本科生。笃信“知识改变命运”的他，在少年时期因受到身边人和事的影响，立志报考中国政法大学，走出大山，成为一名法律人。中学阶段，除了发奋学习，他还热衷于参加多种志愿活动，并在高中时期担任了校学生会主席，曾组织举办第三届、第四届校园社团展演及首届汉字听写大会。

## 走出大山看世界

“我们那儿是山区，生活和学习条件都很落后。我的父母一辈子生活在山里，我想带着他们出去走走。而我只有先走出去，获得更好的发展，才能创造条件，有朝一日带着父母环游世界。”为实现这个朴实的梦想，白有为立下目标：“只有读好书、考取好的大学，才能真正地走出大山。”行胜于言，小小少年的质朴语言的背后是数年的不懈坚持。

上小学时，学校老师不足50人，在“教室”里跺跺脚，房顶上便簌簌地掉土块下来，“老师们管这叫‘危房’，更不让我们在里面打闹。”这是小学时期白有为最真切的回忆。直到初中，因为有了上海徐汇区政府的对口援助，修建了新的教学楼，这才有机会坐在宽敞明亮的教室里念书。感知到外面世界的美好与丰富，白有为坚定了“要走出去看看”的想法。而那时在他的初中，只有名列年级前三，才有机会考进州上最好的高中。“知识改变命运”——坚定的信念始终驱动着他。凭借自己的努力，白有为如愿迈进了理想的高中。

“去州里上学，交通工具只有汽车，从一个地方到另一个地方要绕很多弯路，坐车可以把人坐到‘哭’。高三每天都有做不完的试卷，不熬夜根本不行，每天都在和时间赛跑，感觉喘气的时间都像是在偷懒。”白有为笑着打趣道。即使如此，现实带给他的困难也从未动摇过他的信念。

回首经历过的一次次低谷和顺利走出后的坦然，乐观豁达的他从中吸取经验，再运用到新的学习生活中。在这个过程中，白有为一步步地成长起来：“我觉得困难是实现梦想的垫脚石，所以困难真的不是‘困难’!”

## 读书之外有天地

白有为的家乡在多彩红河的屏边县，一个多民族聚居的地方。这里多样民族文化的碰撞让他的生活充满了多元魅力。“我们这里少数民族和汉族是杂居的，生活、学习、过节都在一起，各种文化习俗‘融会贯通’，大家伙儿像一家人一样其乐融融。”白有为从小生活在和气包容的环境里，邻里朋友间互助和谐的氛围塑造了他活泼开朗的性格。

初中时，白有为开始做志愿活动。“做志愿不单单是干‘体力活’，更需要与人沟通交流的技巧。”照顾、陪伴孤寡老人是他经常参加的活动，往往一天下来，说话说到口渴难耐，劳动累到走不动路。“服务他人、有益于社会，我的内心就会有成就感，就像为老人带去欢歌笑语一样，自己也会感到开心与幸福。”谈起彼时的经历，他的回忆里多是幸福和满足。

高一时的白有为加入了学生会，负责宣传工作。经过历练，后来又担任了主席，参与组织过多场活动，因而结识了不少志同道合的朋友。高考后的暑假他忙着召集大家制作视频“高考加油!”。这时，两年学生工作积累的经验发挥了作用。他在各班安排负责人收集视频素材，同时成立技术组，宣传、制作两手抓。明确的分工和合理的安排为视频的成功制作打下了基础。“最开始刚着手准备的时候，我心里挺没底气，因为很多同学都有自己的事情要忙。”出乎他意料的是，“招贤令”一下，就有许多同学积极响应，而他本人也受到了极大的鼓舞：“大家这么给力，我更要全力以赴。”多年能力的历练与性格的塑造让白有为多了几分异于同龄人的成熟与豁达，而他想坚持去做的事情也一步未曾停歇。

## 梦想在法大起航

谈起报考法大的初衷，白有为心怀坦然：“我的叔叔是法官，我去法庭旁听过，法庭之上的他特别威武！法官是‘审判罪恶，伸张正义’的社会角色！”除了受到身边法律人的熏陶，他还深受普法节目的影响。“我特别喜欢一个叫《听见凉山》的栏目剧。因为自己生在大山里，所以看这个故事特别有共鸣。”这部剧以一群彝族歌手走出大山的追梦历程为主线，其中人物的命运走向，都与法律息息相关。“这部剧让我深刻理解到，如果每人都懂得法律知识，或许很多悲剧就不会发生。我想以后自己也能向家乡的父老乡亲传播更多的法律知识，让大家知法、懂法、尊法，这样我们的生活一定能变得更加和谐美好。也因此，从那时起，中国政法大学就是我心中最理想的学校。”

白色封壳，红色为底，法大校训辉映其上，白有为以法大的录取通知书为自己的十八岁画上句号。他在欣喜“这是一件完美事情”的同时，属于他的法大生活，也缓缓呈现出清晰的图景。随着开学日期的临近，白有为对即将开启的大学生活有着自己的期待：“我时常想象，自己将在法大遇到什么样的人，经历什么样的事儿，自己将会成长为怎样的法大人?”

法大是白有为的求学梦，而梦想的实现更是他朴素人生梦的开始。“法大是我达到的第一个人生制高点。我希望当我学有所成，当上一名法官后，带着父母去看遍这世界美好的风景。”

# “CUPL 正能量”第一百一十九期：中国政法大学乒乓球队

## ——为法大荣誉而战

文/团宣通讯社　陆　娇　孙逸纾

2016 年暑期，昌平校区启运体育馆，刚刚结束高考的“小将”万宝满以准新生的身份参加了暑期集训，在他眼中，师兄师姐们“几乎每节训练课结束之后都会加训”，室温 36 度以上的体育馆中队员们挥汗如雨，但每个人似乎都在坚持着什么……

**简介**：中国政法大学乒乓球队，组建于 2011 年，现有男队员 10 人，女队员 15 人，教练彭博、杨策，获得国家级赛事金牌 11 枚，银牌 5 枚，铜牌 4 枚。五年来，该队代表学校在首都、全国高校大学生乒乓球锦标赛等多项赛事中，斩获团体冠亚军以及单项三甲的好成绩。

## 备赛，汗水掷地有声

“打球是需要手上功夫的，它要求持拍者对球有强烈的敏感度。所以，长期高强度训练是每个球员的必修课。”参加过两次全国大学生锦标赛的李雯珺这样形容陪伴了她 13 年的乒乓球。

为了保证训练量，同时兼顾学业，队员们尽量把课排在上午，下午保证足够的时间完成训练。夏三暑，冬三九，雷打不动。“训练没有明确的组织人员，坚持全靠自觉。”当提及坚持的动力时，刘天元有些感慨，“队里的每个人都兼顾学习和训练十几年了，都不想辜负教练和家人的期望，希望在比赛中给自己一个交代。”

然而学校体育馆的硬件设施毕竟有限，夏天馆内没有空调，温度常在 36 度以上。刚刚结束高考的“小将”万宝满以准新生的身份参加了暑假的集训，在他眼中，师兄师姐们“几乎每节训练课结束之后都会加训”，正值酷暑时节，在场馆中训练的队员们挥汗如雨，“每天都要换两三件短袖，袜子也被汗水浸湿，一个礼拜坚持下来，感觉真的挺累。”

“训练是比赛的一面镜子。”比赛中每一项灵活流畅运用的技术背后，都是时间的堆砌和打磨。“只有在训练中练够了，才敢在比赛中自信地运用。”这种从心底翻涌上来的朝气和坚持，让汗水也能掷地有声。

## 赛场，个人背后是团队

“大家在赛场上只能看到队员们的英姿，但背后凝聚着整个队伍的努力。”李雯珺数着进队以来的点滴，“就好像是一家人一样。”

2015 年全国大学生运动会，女团在半决赛中遭遇劲敌——北京大学代表队。"当时我带两个师妹打团体比赛，压力很大。"王昆坦言比赛前的心态，"因为此前法大是女团两连冠，我们想要蝉联。"渴望荣誉的迫切和遭遇强劲对手的紧张一并压在了队员们的头上，这让她们压力倍增。然而开局不利，王昆首发由于不断出现技术失误，导致局分 0－2 落后。"这个时候不能输了士气，不然可能半决赛就丢了。"王昆一边调整状态，一边默默在心里给自己打气，在老师的指导和同学们呐喊助威下，一分一分的缠住对手，小局以 3－2 反败为胜。王昆的胜利带动了全队的士气，最终全队以 3－0 赢了北大，顺利挺进决赛。

王昆回忆起教练和队友陪着自己走过的低潮期："最难熬的时候我就坐在训练场地旁边的椅子上，记不得教练和队友们安慰了什么，但是感觉到自己不是一个人在渡过难关，真的很安心。"

在队员心中，球队的核心是彭博和杨策两位老师；前进的动力则是为校争光的使命感。两位老师为了跟进球队的训练，牺牲了许多休息时间：彭老师驾车来往于家和学校之间，一次因为太过疲惫在服务区休息了二十分钟才打起精神往学校赶来；杨老师更是在紧张的考研过程中坚持陪队员一起训练。正是这样的付出，让队员们倍受鼓舞，为团队尽力拼搏。

与比赛结果相比，过程中一起走过的跌跌撞撞显得更为重要。正如杨策老师所言："胜负不是第一位的，重要的是曾经努力过、为法大的荣誉拼搏过。"

## 传承，为集体荣誉而战

法大乒乓球队是一支实力强劲且值得尊重的队伍，辉煌的历史既是荣誉也是压力。杨策老师寄希望道："球队的传承是一件很玄妙的事情，首先球队需要更好地发展，每一个队员做好训练、备战准备，做到无愧于心，而教练员、学校也要为年轻的队员们创造进步的条件。"

2015 年 12 月，著名乒乓球运动员邓亚萍受聘为我校兼职教授，2016 年 6 月来我校进行授课。"邓老师对每个人都有技术讲解和指导，给出发展建议。"刘天元这样形容自己得到的收获，"她一直是我的偶像，能亲眼看到她并受到指导，我很激动，也深受感染。"邓亚萍以技术训练、心理状态、身体素质三个方面作为突破口给年轻运动员进行指导，通过单球、多球等专项训练，球队整体有了较为明显的提高。而每堂训练课后，队员们都争先恐后地跟邓教练自拍、签名，"让我们感觉得到了更多精神上的支持。"

"一天不练自己知道，两天不练教练知道，三天不练所有人都知道，乒乓球就是这样的一个体育项目。"而除了日常的训练，队员的团结，赛场上的拼搏，凝聚成了制胜的关键。

从 2013 年至今，在参赛的历届全国高校大学生乒乓球锦标赛中，法大乒乓球代表队共获得 11 金，5 银，4 铜。而 2011 年以来的 5 年间，顽强拼搏、集体意识、不怕输等精神元素凝聚成了独特的球队文化，彰显于球队的每一次训练，队员间的彼此相处以及每一次代表法大站在赛场之上的时刻。

# “CUPL 正能量”第一百二十期：董悦

## ——有温度的辩手

文/团宣通讯社　陈　钢　钟　远

辩手，这个称谓，在法大校园中仿佛总有一些特别的魔力，勤勉、高冷、荣耀……“你做一个选择就意味着放弃了其他选择，有遗憾但不代表后悔。”与其他辩手一样，在师兄师姐的指引下，在安逸与忙碌之间，董悦选择了后者。

**简介：** 董悦，国际法学院 2014 级本科学生，校辩论队成员，国经院辩论队成员。作为学生，勤奋的她获得了 2014 ~ 2015 年度一等奖学金；作为辩手，她获得校园辩论的终极荣誉——2016 年论衡辩论赛辩才赛季冠军，半决赛和决赛最佳辩手，还代表学校赢得了 2015 年全国政法院校辩论赛冠军。同时，她还积极参与到各类模拟法庭的比赛中。

## 辩手，最初的选择

"我其实没有特别完整或具体的规划，跟大部分同学一样，刚进大学的时候比较茫然，比较远的计划也没有。"当谈到自己初入大学时的规划和目标时，董悦十分坦诚。并不似电影《致青春》中"我的人生是一栋只能建造一次的楼房，我必须让它精确无比，不能有一厘米差池"那般，董悦一开始对于自己的大学所定下的目标，仅仅是"好好学习"这四个字。然而看似简单笼统的四个字，对于初入法大时略显浮躁的她而言，并不容易。"虽然我们总说，大家学习要靠自觉、靠自律，其实还是跟你接触的人和所处的环境有很大的关系，如果周围的人都积极学习，就会不自觉地受到感染。"在董悦看来，一开始所选择的同行的人和接触的环境，对于每个人的大学生活而言，十分重要。"在国经辩论队里，我也经受了不少磨砺，有的时候你会固执己见，但是会有师兄师姐来指出不足。"她扶了扶眼镜，"当你学会了尊敬，就会静下心来去倾听他人的意见。"国经辩论队中积极、谦逊的氛围是董悦所感、所爱和所追求的，也让她在其中收获了友谊和历练。

## 赛场，你不是一个人

从"天伦"到"论衡"，礼堂的辩手席都是在为那几个幸运的辩手加冕，却很少有人能看到"礼堂级"辩手的磨砺与成长。董悦很幸运，因为"看起来，只有两年"。事实上，在高中就参加辩论队的董悦，本打算给高中的这段经历画上一个句号，但没想到自己被院队再次录取了。然而大学阶段的辩论使她实现了真正意义上的蜕变。"国经辩论队有三大纪律，其中一条是绝对不准迟到。否则，轻则批评，重则除名。”她侃侃回忆道，在辩论中时常会遇到思维枯竭与时间紧迫的困境从而导致慌乱。当大部分人轻松悠闲地度过课余假期时，董悦和国经辩论队队员却选择一头扎进逸夫楼五楼的办公室里刻苦地训练：“台上一分钟，台下十年功。”成功的背后，是比别人更多的付出。

在2016年大论衡辩才赛季决赛前夕，一个月来连续征战的队伍兵疲马倦，甚至“弃战情绪”蔓延。“辩题属于我们比较陌生的一个领域，想出的东西反复修改但又不能用，当时处于一种非常迷茫的状态，真的特别痛苦，甚至那个时候觉得干脆放弃算了”。她感慨道：“虽然很累，但会有一种很奇妙的感觉，因为在这个队里收获了很多，我们几个人团结起来一步一步走到现在，虽然嘴上说着‘要不算了吧’，但心里其实还是很不愿意放弃。”董悦点了点头，“这种时候就全靠意念支撑。”

## 辩论，有温度、有情怀

辩论不是董悦大学的全部，但“辩论的精神”却影响着她的生活——“最大效度地利用时间”。校、院辩论队高强度的训练与备赛节奏也带动着她的学习和生活节奏，“挤时间”与提高效率是她的法宝：“其实算一算一天24小时，还是有非常多可以拿去支配的时间。”她也因此获得了2014～2015年度的一等奖学金。除了辩论，董悦还参加了准律法援和知识产权法法律诊所，“早起一会儿就会有更多的时间。所有事情全在个人支配。如果愿意就会想要挤时间，训练完回去也会看看书、参加课外活动。”精诚专一，全在个人。

从高中到大学的四年辩论经历，让她养成了争分夺秒最大限度利用时间的习惯。“在辩论队大部分时间我是打三辩。一场比赛下来我能够说话的时间不超过 4 分钟，怎样能在 4 分钟的时间里把准备了十几天的东西都说出来，是一件值得思考的事情。"董悦也因此更加注重做事的效率。

辩论不仅仅是比赛、竞争和增长见识，更带给董悦一种对待生活的态度，"大一之前，辩论与我而言，只是一种兴趣；到了大二，成了一份事业；大三时，它已然变成一种情感，然后辩论队就更像一个家。这个对我来说真的很重要。"

人生有很多节点，都要面临不同的选择，大学是一个新的开端，"辩论，于我而言，并非唯一的选择。然而，它却让我收获了许多处世道理以及亲人般的情谊，让我受益终身。"

# “CUPL 正能量”第一百二十一期：韦万康

## ——带着爷爷去旅行

文/团宣通讯社　陆　娇　何雨琦

贵州都匀，青山耸翠、碧水交融。韦万康从记事起，就和爷爷生活在这座黔中的小村庄里。2013 年夏季的一个平常的傍晚，18 岁的韦万康偶然抬头，注视着倚着门框呆坐的爷爷：他的背影被夕阳无限拉长，那一刻，时光仿佛在老人的身上刻满了沧桑，也写满了寂寥，而爷爷盼了 53 年都想去的北京却还停在时间里。从那时起，“带爷爷到北京看看”的念头在少年的脑海中止不住地冒了出来，并随着时间的推移愈加强烈。

**简介：**韦万康，刑事司法学院 1401 班本科生，贵州人。为了实现带爷爷到北京看看的计划，他用了近两年的时间筹备，终于在自己读大学的第二个暑假，于 2016 年 8 月 28 日至 9 月 15 日，凭借自己的努力安排好行程，实现了自己的想法，也圆了爷爷一生想到首都看看的愿望。

## 只为你的笑容

2013 年，韦万康上高三，18 岁，他萌生了带 71 岁的爷爷到北京去看看的想法。这个念头发轫于草莽，却在他的脑海中野蛮生长，但是由于能力和经费有限，逐渐搁浅了。2015 年冬天，"奶奶去世之后，爷爷越发消沉，很多时候宁肯对着老黄牛嘀咕半天，也不愿意和家里人说说话。"看着爷爷神情寂寞的样子，韦万康突然有一种"子欲养而亲不待"的急迫感："一定要抓紧时间带爷爷出去看看！"

起初，家里人都反对。一方面，怕影响韦万康的学习生活，另一方面，"家里的经济状况不允许，不应该为这些'虚荣'的事情买单。"韦万康说着，鼻子一阵酸涩。大一回家的时候，他几次装作漫不经心，问爷爷要不要去北京看看。"那时爷爷已经很少讲话了，平时都木着脸，但听到那句话时他突然笑了起来，脸上的褶子都挤在一块。我读懂了那是真的开心和向往。"这一笑，更加坚定了韦万康的决心。

没有亲人的理解和支持，韦万康只能自己默默筹备。这一落实，就是整整大半年。既不能用家里一分钱，也不能让家里人多担一份心，他一边偷偷攒钱，一边努力地熟悉北京："日常少用一些，再加上我们国防生每年的补贴，我都留下了，尽量不出去玩，就算出去玩也多是探探地形。暑假回家再打点儿工，勉勉强强也存下了不少。"

2016 年 8 月 28 日，贵州都匀火车站，北上的列车终于驶出了站台。53 年的期盼在这一刻徐徐展开。

## 新北京故事

韦万康自小学起便与爷爷一起生活。小时候的他听爷爷讲大江南北的故事，讲北京、讲长城、讲故宫……印象中的爷爷一直有着伟岸的身影。“爷爷虽然上过几年小学，识得不少汉字，然而生活在这个小地方，面朝黄土背朝天，始终没有出过远门。”

8 月 28 日正午，远远看到爷爷从拥挤的人群中走出来，翘首六七个小时的韦万康突然感到世界的嘈杂：“北京城的声浪随时可以把爷爷淹没。”从伟岸到日渐苍老，“时间过得太快了。”韦万康用力眨了眨眼睛，“我甚至不敢表现出感慨和担心，就怕他看到我这个样子会更加不知所措。”

依照计划，行程第一站是八达岭长城。“路过居庸关时爷爷紧紧地盯着窗外的绵延连山，一动不动，不知是不是想到了奶奶。”韦万康回忆那个时候的爷爷：“让人心疼，不知道该怎么跟他说话。”

除了长城，韦万康还带爷爷逛了军事博物馆。“他会非常认真地看简介上面的每一个字。”即使韦万康本身对坦克大炮不感兴趣，但每天出门前还是会仔细查找资料，为了在参观时用家乡话给爷爷讲解那些“曾经只在电视上看到的东西”。看着爷爷像孩子一样好奇又欣喜，韦万康心里也生出一份安定。

“其实他什么都乐意去接触，就是需要有人陪着，尤其是在这样一个陌生的环境里。有熟悉的人在，他会感到踏实。”韦万康在十三陵水库旁寻了一处短租房，把爷爷安顿在那里。只要有空，他就会陪爷爷四处逛逛。“不一定总是去著名景点，昌平周边就挺好。”每当这时他心里就会有小小的成就感：“好像自己保护了爷爷，像小时候他保护我那样。”

## 最长情的告白

18 天的行程很快结束。在车站分别时，眼睁睁看着爷爷左顾右盼找不到火车，韦万康再一次意识到岁月不饶人："外面的世界太大了，和它相比，爷爷太老，老到好像对这个越来越新的世界有点儿怕。"

亲自把爷爷送上了火车，反复叮嘱不要坐过站，两人隔着车窗玻璃挥手，火车鸣笛前进，直到消失到目力不及的远方。而今，爷爷平安回到家中，韦万康也回归了校园生活。"生活没有太大的改变，这也不是什么值得骄傲的事情。"韦万康感慨："陪伴家人是和吃饭、睡觉一样平常的事情，这才是亲人间该有的样子。"

回想起这段旅程，在完全不同的环境中，照顾和被照顾的角色互换，韦万康才真切地感受到："陪着家人的时间永远都不够。"也因此，他更加懂得老人的需求："他们要的是最简单的陪伴。从小讲回报，不能只是说说而已，是要付诸实际行动去做的。"

"下次想带爷爷去看海。"韦万康眯着眼睛笑，"小时候爷爷老问我：'你觉得世界上是水多还是陆地多？'我想带他去找找答案。"

爷孙与海，还能讲出一段更长情的故事吗？

# “CUPL 正能量”第一百二十二期：魏帅

## ——合唱团里的票友

文/团宣通讯社　王星星　陈　钢

“我本是卧龙岗散淡的人……”从明法楼到食堂的路上，他又哼起一段《空城计》。这样独特而优雅的曲调，在清晨，在落日，都使他想起唱念做打的日子，想起痴心国粹的自在放松。

**简介：**魏帅，中欧法学院 2016 级研究生，曾是 2012 级外国语学院本科生，复办法大京剧社，全身心地投入到该社团的建设和发展之中，并致力于京剧在法大校园中的推广和传承。2015 年代表学校参加第六届“国戏杯学生戏剧大赛”，以一曲《空城计》摘得三等奖。

## 校园里的唱念做打

“我是山西人，血液里没有京剧的基因。”谈起第一次接触京剧，魏帅笑了笑，彼时的他已经读大二了。当时曲艺团正面临京剧无人唱的尴尬局面，为了让京剧还能在法大学生之中继续传唱，曲艺团的于方日师兄找到了当时还在合唱团唱男高声部的魏帅，“他给了一段诸葛亮在马谡派兵前叮嘱的几句话，让我唱着试试，没想到效果还不错。”就这样，魏帅与京剧结缘。

起初，唱京剧并不是一件享受的事情。除了师兄指导矫正，平时魏帅只得一个人练习；没有固定的场地，有时，他只能在楼道里练声：“有一次我在明法楼练习模仿人物十六七岁的声音，需要特殊的发声技巧，我就用手堵住耳朵听自己的声音，结果三楼突然传来一句‘别唱了，一边儿去’。说实话，那一瞬间挺受挫的。”

“师兄找到我，那就是看得起我”，为了不辜负这份信任，魏帅依旧坚持练习。“京剧是需要悟的，这建立在多次练习的基础上。有时候，听一百多次才能记住一个腔调。更别提眉眼儿、脚步……”除了基本的腔调，这些塑造人物时的表现细节也需要在不断的训练中找到最佳感觉，“演猴像猴，演帝王像帝王。”魏帅说着便开始比画美猴王抓耳挠腮的样子。正如《霸王别姬》中“要想人前显贵，就得在人后受罪”所言，苦练一学期后，2013 年元旦游园，他第一次登上礼堂的舞台，一个人撑起了一段《三国》。

## 醉心于国粹

随着学习的深入，魏帅开始被京剧特有的艺术魅力和文化内涵所吸引。京剧不局限于“唱”这一种表现形式，它更注重人物的塑造。京剧是开放的，并且吸收了多种艺术的精髓。“我一个二十岁的人，可以在戏中领略中年人的睿智和老者的沧桑，帝王的荣华富贵和乞丐的流离落魄，甚至女性的阴柔细腻我也可以体验一二，真的很过瘾。”此外，他同样认可京剧的“文化浓缩性”，“中华文化几千年下来有很多东西，但都是内在的，看不见、摸不着，京剧把它外化表现出来了。在京剧里，我们可以看到中国人的喜怒哀乐、善恶观念和世界观。”他用自己唱了多年并为大家耳熟能详的《空城计》举例：“它塑造了中国人喜欢的一个足智多谋的忠臣形象，一定程度上体现了中国人的价值取向，有别于西方的英雄崇拜。”

渐渐地，魏帅对京剧的热爱吸引了更多志同道合的人：无论在宪法大道随意哼唱，还是在操场吊嗓子，他都会遇到陌生人来打招呼：“你也唱京剧!?”这样一句简单的话，将他们聚在一起，每周约时间探讨赏玩京剧。2015 年 6 月，魏帅的一段《红灯记》登上了研究生的毕业晚会，而在这之后的新生军训慰问演出和元旦晚会上他又再度演出，“我才意识到京剧和其他艺术不一样，它有自己的存在价值。”

## 有缘后来人

对京剧的热爱使魏帅将目光放在法大京剧的传承上："还得有人接着唱下去。"此时他想到了已被搁置的京剧社，去社团联合会办完复社手续后，京剧社逐渐恢复了往日的活力。京剧社的大多数人都和魏帅一样，上大学才开始接触京剧，对他们进行指导并不简单，难免有人觉得枯燥、无聊。"因此作品很难成型，但坚持下来总会有收获。"

如今，魏帅已经把京剧社的"大梁"交给了师弟师妹："他们认真负责，看到他们在微信群发通知、给新生的嘱咐都很周到。"即便如此，他依然会每周抽时间去陪师弟师妹们训练，期间遇到了 2016 级的林钰泷，她对京剧的热爱让魏帅深受感动，"她身体不太好，每天站一会儿就腿疼，但她仍然坚持每天去琴房练习，也经常和我交流，我想，法大京剧四年之内应该不会断代了！"

因为热爱，所以会有更多期待，京剧社依然处于发展阶段。"机制需要规范化，对新人的训练更需要一套科学系统的方法。可以考虑拍一些小视频通过微信推送推广出去。"谈到以后的规划，魏帅也有自己的想法，"与京剧社这一路携手走来，在校园推广与传承京剧始终是我的初心。"

10 月中下旬，魏帅将带着李若晨和王盱衡两位师弟妹，一同去参加新一届"国戏杯"，"这次终于不是我一个人了。"魏帅的语气中带着轻松与平和。

# “CUPL 正能量”第一百二十三期：付廷羽

## ——不会书法的球员不是好裁判

文/团宣通讯社　王星星　上官泽鑫　贺翼清

“足球是圆的，你永远不知道它会在哪里停下，所以永远不要轻言放弃。生活亦是如此。”从初中的训练场到法大的书法课，从世界杯到古词佛经，故人往事、蜕变成长，他的言语总是饱含热情，感动而坚定。

**简介：**付廷羽，民商经济法学院 2014 级本科生。法大足球协会现任主席，国家一级裁判员，民商院男足队员、女足经理。曾在中国足协兼职，接待朝鲜青年国家队赴山东参赛。热爱裁判工作，多次主哨校级、市级比赛。热衷建设校内足球文化，起草了法大足协章程，并多次邀请中超、中甲裁判员进法大开展交流。

## 裁判，比赛的"法官"

年少时受老叔和老爸影响看世界杯，神奇的足球场，变幻莫测的比赛一下子吸引了他。初中时，一度苦练脚法：清晨的足球场、傍晚的夕阳，每天两个多小时的训练为他之后的进步打下了扎实的基础。而正所谓"好马得遇伯乐"，他无疑是幸运的，启蒙老师赵朴系统的指导让他球技在短短五个月内突飞猛进。

"老师不但在技术上给予指导，而且是我的公平竞赛意识的启发者。"受赵朴老师潜移默化的影响，付延羽开始对裁判产生兴趣。在他看来，裁判对于一场比赛的公正进行是至关重要的："国际足联对裁判的定义是'比赛的执法者'，我希望把所理解的公平竞赛带到比赛中去，引导参加的人发扬国际足联公平竞赛的精神。"

正是基于对"公平竞赛"精神的追求，他开始读一些书面的竞赛规则，并在看球赛和踢球赛时更加仔细留意裁判员的判罚。2014 年 11 月，付延羽参加了北京市崇文区的裁判员培训并取得了《中华人民共和国二级裁判员证书》。于他而言，裁判是一个需要不断学习的角色，理论学习的成就只是基础的一步，实践的锻炼于一名优秀的裁判员而言更是不可或缺。2015 年年底，他又参加了裁判员的考核并晋升为国家一级裁判员。今年 10 月份，他利用空闲时间参加了五人制裁判的培训，进一步提高自己的业务水平。

从社区的比赛到北京市的比赛，付延羽裁判比赛总计百余场，每一场比赛他都坚持"公平竞赛"的初心："做裁判与踢球赛不同，踢球是在公平竞赛的基础上追求自己球队的利益，而裁判更像是法官，需要裁判员不偏不倚，不能因为私人感情而影响裁判。"

## 章程，足协的“宪法”

2015 年 4 月，中国政法大学足球协会成立，付廷羽是足协的第一届干事之一，他见证了足协一步步的成长。为了提升足协的工作效率、确保公正减少争议，使足协得到长久发展，他决定为足协起草一份章程。

起草章程并不如设想般容易。首先面临的问题是如何使章程具有专业性。“中国足协章程差别过大，其他大学足协章程又参考性过小。摆在他面前的是无前人经验可求的路”因此他只能自己摸索。没有帮手，所有工作都只能一个人完成，也只能利用课余时间去做。但他在球场上的拼搏精神一直支持着他不断前行：“如果在球场上都可以坚持下来，为什么在生活中不行?”

从 2015 年 12 月开始，历时 8 个月，《中国政法大学足球协会章程》于 2016 年 7 月底正式颁布，此份《章程》规定了法大足协的权力机构，这有效解决了足协的权力归属问题。“在这之前我用了一年的时间思考足协的权力是归足协还是归球队，最终决定在《章程》中这样规定，可以保证公平的决策减少争议。”对足球公正风气的追求，始终是他念念不忘的：“我们学校的足球风气相比其他一些学校更加正规，队员都比较尊重裁判，比赛中也很少有小动作。”付廷羽的话语中充满了骄傲与欣慰。

## 书法，生活的情怀

绿茵场上挥汗如雨的付廷羽，在徽墨宣纸前也能挥洒自如。"学书法全是偶然，小时候体弱多病，我妈让我去练武术，结果身体慢慢变好的时候，性格也变淘气了，于是又去了书法兴趣班。"在那里，付廷羽遇见了他的书法启蒙老师，中国书法家协会的霍建国老师。比起单纯的临摹，霍老师独特的书法观，精诚的书法情怀，才是他从老师处习得的最大财富。而老师联系对比行书、楷书、草书的教学方法更是培养了付廷羽的兴趣，也是他此后一直练书法的原因所在。"写字是修养身性。所以现在我很少留字，大都是写一张扔一张。我更喜欢写字的过程。"在付廷羽看来，写字和足球同样是充满激情的："写狂草的时候你能说没有激情吗，只是需要转换而已。就像我有时候也会把足球的情怀融进我的字中一样。"

"一个人一成不变是索然无味的，对每件事都保持新鲜感生活才有意思。"足球的团队和拼搏精神、裁判对公平竞赛的追求、练书法时淡泊名利的心态，这些精神与态度也帮助他更好地面对生活中的其他问题。"喜爱是相互的，不会书法的球员不是好裁判。"付廷羽全心全意爱着生活中的每一个角色，生活也回馈给他同样的快乐与收获。

# “CUPL 正能量”第一百二十四期：小动物救助站

## ——绿色家园守望者

文/团宣通讯社　何雨琦　王佳燕

阳光正好的午后，在宽阔的宪法大道上，在高挺脊柱的拓荒牛旁，常会遇见一群可爱的身影——它们踩着日光追逐嬉闹，就着余晖沉沉睡去，为法大校园平添了一份灵动与亲切。而它们身后充满关怀的目光，也随之奔跑跳跃不曾游移。

**简介：** 绿色家园环保协会是我校的一个学生兴趣社团，于2016年5月10日成立了小动物救助站，由一群喜爱救助小动物的本科生志愿者组成，他们致力于照顾法大校园内需要帮助的流浪猫狗。至今，小动物救助站已经成功救助、送养小动物共计15只。他们悉心照顾小动物的行为，带动着越来越多的人参与到此类行动当中，成为法大校园里温情的一景。

### 想要给你一个避风港

2016年4月28日，一条“紧急寻找患病狗”的消息在微信朋友圈中广泛传播，而当热心的国际教育学院蔡嘉雯终于找到病犬并送到宠物医院时，却得到医生一句"送医太晚，已无力回天"的答复。这让她内心充满希望的气球瞬间爆破，陷于对小狗生命无法挽回的悲伤。也正是从这一次略有失败的救助开始，绿色家园的几位同学萌发了成立小动物救护站的想法："学校里如果有一个致力于做这件事的机构就好了，我们想给小动物一个温暖的避风港。"

时任绿家社长的连真的想法一经提出便得到了很多的支持，杨策、王雅蓉、陈雪微、尚万、仉昱博、李良滨几位同学自发加入到创建队伍中。没有经验，他们就上网学习喂养、护理知识，并联系其他高校的小动物救助组织学习借鉴；没有资金，就想办法众筹或者义卖；他们跑遍了昌平地区所有的宠物医院，一家家进行比较，最终确定值得信赖的宠物医院并建立长期合作关系。2016 年 5 月 10 日，随着社团内部章程《中国政法大学绿色家园环保协会小动物救助站章程》的公布，法大小动物救助站正式成立。

## 爱心，可以温暖彼此

从最初救助被捕兽夹夹伤的小狗，到后来接手照顾拓荒猫，再到照料小狗"粽子"、"学霸狗"……成立至今，救助站一共照顾送养了 15 只小动物。在这个过程中，他们不断总结经验并作出调整，细化分工，慢慢成长为一个下设日常喂养、救助送养、信息宣传三个小组的组织。确认志愿者上报的动物情况、带动物去宠物医院就诊、视情况安排其住院或寄养等工作也日趋成熟，有条不紊地进行着。

与此同时，救助站的成员们也收获了许多感动。上一任负责人杨策回忆起 2016 年 7 月救助的那六只被遗弃的小猫："现在它们在领养人的悉心照料下已经完全康复，我觉得特别幸福和温暖。"杨策聊起小动物，脸上挂着浅浅的笑，“自己之前活得挺粗糙的，现在却因为这些小家伙变得更耐心更细心，妈妈都说我越来越爱笑了！小动物还真是自带治愈人心的功能呢！”而当前救助站的负责人钟一鸣则是时刻牵挂着六只在考试周给她带来快乐和安慰的小猫：“当时会刻意选择离它们很近的地方自习，看书累了就溜达过去看看它们。给它们洗完澡之后，看它们一只只又萌又可爱，也很健康，自己就觉得特别欣慰，一种‘吾家有孩初长成’的感觉。”尚万一边附和，一边打开手机相册，翻出‘粽子’守着门的照片，眼里满是温柔：“同学跟我说，这是我走了之后，‘粽子’在等我回去的样子。”

聊起日常工作，成员们也感慨：“偶尔会很累，也会念叨说放弃，但是一想到可爱的小动物们，心里便柔软得只剩下难以割舍的牵挂了。”

最困难的不是物质的匮乏和身体的劳累，杨策更觉得这是一种特殊的责任感：“救助动物在法大是‘新生儿’，没有套路可寻。而当你面对的是活生生的小动物时，就会不由自主地感受到肩上的重任。”

## 愿你安居在法大

“我们刚给小猫小狗建了窝，希望能帮它们更舒服地过冬；我们也吸纳了很多新成员加入到保护小动物的行列；‘学霸狗’和它的宝宝们，现在也已经被安置到了一个安全的地方，每天会有专人过去喂养，状况非常好；接下来，我们还打算继续细化工作，把一切都稳定下来，全身心地投入到小动物的救助中去……”钟一鸣细数着救助站近期的工作和安排，事无巨细，点滴入微。

尽管生活在法大的大部分小动物都在救助站的帮助下过上了舒适的生活，但出于对同学们安全的考虑，每一只小动物到最后都会送养。

"我们会认真挑选领养者，当确定他符合在北京有固定住所、愿意留下个人信息、同意签订领养协议并且能够接受回访等条件后，才会转交。"陈雪微打趣道，"每当要告别的时候，都会有一种自家孩子被带走的感觉，特别不舍，但更多的还是为它们开心。"

"流浪的小动物太多，我们能做的太少，只能尽力去做到最好。救一只就算一次新生。"然而，救助只是一个过渡，减少流浪猫狗才是最终目的。杨策谈起救助，感慨万千，尚万接过话，补充道："世间善恶都是守恒的，有人在做好事，就一定有人会做坏事。有救助小动物的人在，就说明有遗弃和伤害小动物的人在。"

"但我们宁愿有一天，所有的救助组织都不复存在!"一旁的陈雪微和钟一鸣脱口而出。这一言，道尽了所有关注小动物的爱心人士的心声——希望所有小动物们，都能拥有一个温暖的家，不用再居无定所，四处流浪。

# “CUPL 正能量”第一百二十五期：党员先锋岗

## ——操场边的守望者

文/团宣通讯社　陆　娇

昌平府学路校区田径场的西南角，一方毫不起眼的小亭子，与操场角落少有的寂静融为一体。有一群人，三年来一直守望在这里，透过窗口感受着器材的吱嘎作响、运动员发梢湿漉漉的汗水和一球进门时不可抑制的欢呼声。他们坐着，让那些偶或有需要存放物品的人，回头就能找到他们。

**简介：**“党员先锋岗”是一项由青年志愿者协会和求是社共同发起，全校党员、预备党员共同参与，在体育场设立存包处，定时定点为广大师生提供物品寄存的志愿服务活动。在昌平府学路校区体育场，从每学期第六周起直到期末，在每周一到周日的 17 时至 21 时，为本校师生提供无偿存包服务。自 2014 年冬季至今，已成功开展 4 个学期，数百名学生党员参与其中，累计服务全校师生逾千人次，几乎杜绝了体育场物品丢失的情况。

## 一份坚持，十分感动

对于求是社现任社长、来自刑事司法学院 1402 班的王凌超来说，大学三年以党员身份做得最实在的事情就是看似"微不起眼"的存包处。

起初，设立体育场存包处是为了解决操场上频繁丢包的问题："那个时候的朋友圈隔三岔五就会出现丢包的消息。"求是社的同学们意识到了这个现象，在操场观众席下布置了两张桌子、两张椅子和一面党旗，在 2014 年 11 月，简易的存包处诞生了。

"一开始几乎没有人存包，我们天天坐在那儿，经过的人好奇地看一眼我们，就不解地走过去了。"王凌超回忆刚开始的那段时间，"'生意'不好，心情也挺沮丧的。"

2014 年的冬天似乎格外的冷，日复一日的四个小时值班，没有热水也没有遮风避雨的地方，最冷的时候，值班人员要穿两件羽绒服在坚持。

情况直到 2015 年夏天才有所改善，在青年志愿者协会的帮助下，负责存包处的同学们一起动手组装了帐篷。操场不能钉钉子，一根根棍子撑起来的大帐篷只能放在地上，结果当天晚上便狂风大作，同为求是社一员、来自商学院工商管理 1402 班的李国泽回忆当时的情况："一夜之间帐篷就被吹坏了，第二天根本没法值班，那种打击让我们几乎快要放弃。"出师未捷，难免倍受打击，但是转念一想，"坏了就坏了呗，我们照样来"。

折着腿的帐篷修修补补，勉强坚持到了 2015 年的暑假，新的铁皮亭子才终于搭建起来，李国泽笑着回忆："总算不是风雨中飘摇了，终于有了一个窝。"

回顾设立存包处时预想的最困难的问题：如何将一个值班亭与普通的志愿服务区别开来？这个答案求是社的同学们探索了三年。

"坚持。"现在，王凌超可以不假思索地回答："普通的志愿活动是能够选择的，但是存包处的工作是每个党员的责任，责无旁贷。"

自 2014 年 11 月第一次值班开始，每个学期从第六周到期末，无论工作日或双休，无论是刮风、雾霾还是雪封操场，"只要有人在操场，存包处的窗口就会一直开着。"他们用三年的行动探索着问题的答案，"坚持"二字，是责任，是成就。

### 一项工作，一种义务

登记姓名、学号、联系方式，交付号码牌，存储物件，钥匙一卡通放在左手边蓝色牛津挂包中，书包挎包放在身后 3 × 5 规格的储物箱中……五平米见方的小亭子中一切工作都井井有条地进行着。

体育场存包处，安置在操场角落一块少有的寂静之地，坐在里面的人仿佛与外界隔绝开来。器械与谈笑声交织的喧嚣和嘈杂，掷地有声的汗水，与缓缓亮起的明灯，逐渐加深的影子一样，没有区别。透过值班亭的窗口感受着外界的一切，他们的内心平静，满足。

漫看学校的一年四季，王凌超最喜欢的还是四五月份的操场。换下厚重的冬衣，草坪上、看台上此起彼伏的喝彩与欢呼，仿佛全校的生机都聚集在这里，聚集在值班亭一年四季开着的窗口"感觉自己在守护着这份活力，这真的是我最满足的时候"。

虽然夏天有蚊虫，冬天有冰雪，但是存包处却承载着许多人的回忆。来自刑事司法学院 1404 班的土尔克娜·海拉提值班之后感慨道："设立存包处真的会使同学们方便很多。冬天很冷，但是夜晚守着如豆的灯光，跟一同值班的同学聚着相互打趣时，总感觉内心也被一个党员的荣光照耀着。"

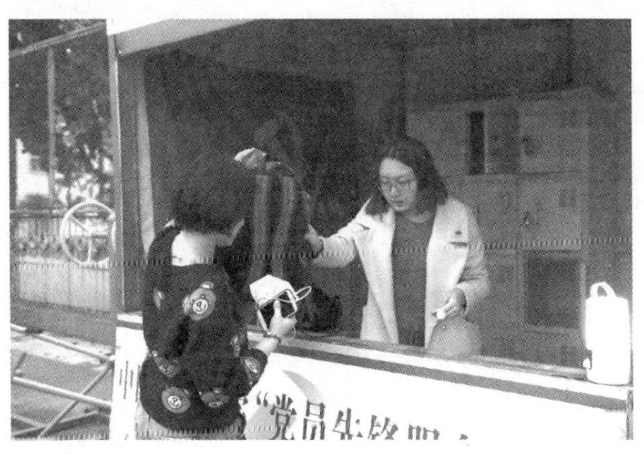

**有所作为，才能合格**

从最初的简陋到现在的小有规模，从一面党旗到现在的先锋岗标签、党章党徽、热水壶、暖手宝……党员先锋岗不断地在完善改进。一位普通的大学生一旦成为党员，"就怕与周围的人产生距离感。"王凌超笑笑，这是很多人在苦恼的事情，“而存包处正是我们直接接触同学们的途径。”

“我先是一个存包的，然后再是一个党员。”对于自己值班的意义，王凌超有点纠结，不知道该怎么表达，“真不是因为自己是党员才去做存包志愿者，只是因为做这份工作的我恰好是一名党员。”这也正是所有存包处“守望者”们的心声。

正因如此，党员先锋岗被附上了特殊的意义。不断的有新的成员加入到操场存包处负责任的集体中，从预备党员到党员，从本科生到研究生，一个普通的岗位，不断地焕发出新的生命力。这个漫长的工作，这个存包处，从 2014 年开始，到 2024 年，它会一直存在。

# “CUPL 正能量”第一百二十六期：于杰

## ——静心奉献，感受幸福

文/团宣通讯社　陈　钢　李卓凡

初见于杰，穿着简约，头发高高地扎着，清爽又舒适。她的宿舍干净整洁，书籍、衣物、生活用品各安其位，墙上“党员先锋宿舍”的奖状十分醒目。同时，于杰的身影还出现在各种各样的公益活动中，无论冬夏，她都带给身边人暖心的温度。

**简介：**于杰，国际法学院 1505 班本科生，乐于助人，热心公益。2015 年 5 月 4 日，正值十八岁生日的她与父亲一同参加献血活动；2016 年报名捐献造血干细胞；即将到来的 2017 年寒假，将赴云南开展远程支教。每天早起晨读，勤于打扫寝室卫生、收拾内务，生活习惯良好，被舍友亲切地称为“我们的妈妈”。

## 温馨，理解成清流

大学里，宿舍卫生成为一个避不开的话题。网络上不断爆出大学宿舍“脏、乱、差”的照片让于杰大为感慨：“宿舍卫生仅靠一个人肯定是搞不好的。”于杰在对自己要求严格的同时，也从未忽略在宿舍中承担的责任。勤劳的她不仅将内务、卫生等分内的事打理得井井有条，每当室友有困难时，她也总能在第一时间伸出援助之手。也因此，于杰被舍友们亲切地称为“我们的妈妈”。

“于杰常常督促我们学习，帮上铺盖被子。她还细心地照顾宿舍的花草，给予我们‘妈妈’一样的关怀。”同为舍友的铁燕子这样描述她心目中的于杰。

聊起这个称呼，于杰羞涩地笑了起来：“她们可能是觉得我打扫卫生的行为特别像妈妈做的事。但其实卫生不是只有我一个人在做，大家都非常积极。”在她看来，包容在宿舍关系中至关重要，“互相包容嘛，大家互相帮助，互相尊重，就不会出现大的矛盾。”这份理解与宽容，也让她们收获了学校“党员先锋宿舍”的称号。

## 坚持，晨曦有暖意

“我平常都会早起，来上大学不应该把时间浪费在睡懒觉上面。”冬日清晨六点，当大多数人还熟睡在舒适的暖气房中，于杰便已早起——整理内务、晨读、听英语……每一件事都按部就班。

虽然每天只早起一个小时，但于杰心中却有着自己的考量：“一个小时，可以多做很多事情，日积月累下来，就能有更多的收获。”她认为与其临时匆忙赶工做作业、突击复习考试，不如选择细水长流、循序渐进每日坚持晨读，也许能获得更好地学习效果。早起带给她的不仅是学习的快乐，还有一个独特的视角，去欣赏清晨的法大。晨星步北林，萧散一开襟，"六点多的校园不但很美，还可以不用排队就能吃到刚刚出炉的包子……校园里有晨跑的人，也有和我一样习惯早起的同学。"说到这儿，这个爽朗的北方姑娘温暖地笑了起来，头轻轻扬起，细细品味着似乎仅属于她的那份幸福。

**公益，爱心汇暖流**

于杰不仅是一股"清流"，更是一股"暖流"，幼时的她便乐于奉献。

2008 年的汶川地震，于杰迈出了奉献公益的第一步。在学校的组织下，五年级的她捐出了自己所有的零花钱。这次活动，让于杰体会到了积少成多的力量，也让她感受到帮助他人的快乐。

上大学后，于杰的身影活跃在各种各样的公益活动中。其中令她影响最深的便是支教："我的家乡并不发达，实际上支教学校的条件与我小时候差不多，我更能理解他们，一旦有条件就想去帮助那些孩子们。”支教也带给她诸多感动：“孩子们特别单纯，和他们在一起时，我很快乐。他们虽然调皮，但我们走的时候他们还特别不舍，下了课就围着问‘下一次什么时候来?’”于杰眼角微微泛红，“当时真的特别感动。”她也期待寒假，“我上周远程支教的面试也刚刚通过，准备去云南，给更多的孩子带来知识和快乐。”

2015 年 5 月 4 日，是于杰的十八岁生日，她给了自己一个最特别的成人礼。“这个礼物很特别，不仅不会对身体造成危害，还可以救济到其他人。”今年，于杰还报名了捐献造血干细胞，并已采集完样本，准备随时为配型成功的患者带去生命的希望。

**党员，奉献是义务**

于杰与共产党结下的缘分，来自于家庭的影响，“爷爷经历过战争，他十分拥护共产党；我有个族内的兄长也参加过朝鲜战争。受到家人的影响，我也相信并渴望加入中国共产党。”于杰高中便提交了入党申请书，在法大，她终于如愿以偿成为一名光荣的中国共产党党员。

“也许正是因为入党，才更促使我严格要求自己，参与更多公益活动。"在于杰看来，"奉献"二字是一名党员应尽的义务："我在家的时候比较懒，不会帮父母做什么事，后来我哥批评我，'你都是个党员了，还不能帮妈妈刷个碗，这样怎么能算是准备服务人民呢?'从那以后，我就慢慢意识到我是个党员，应当从小事做起，吃苦在前。"

大一一年，于杰参加了整整两学期的党员先锋岗的操场值班活动。虽然条件比较艰苦，长时间值班也会略显无聊，但于杰为自己能够为师生们带来便利而感到由衷的快乐。"我记得大一下学期16周由于准备期末复习，党员先锋岗就暂停了。有个每天在操场存包老师说，'太可惜了，以后包没地方放了。'那时，我确实意识到我们的付出是很有价值的。"

正如于杰所言："奉献时的自己，静下心来，忘却了许多杂念，磨砺了自己，也感受到了不一样的幸福。"

# “CUPL 正能量”第一百二十七期：徐媛

## ——恬静的奔跑者

文/团宣通讯社　寇　栋　曹晓晨　李小趣

春秋冬夏，徐媛执着于长跑。或沐熹微，或披星辰，滴落在砖红跑道上的汗水于梦想深处绽放出最明媚的花，见证着徐媛长跑的蝶变与飞扬。对于徐媛来说，这不仅是她的生活方式，也是她生活的意义之一。

**简介：**徐媛，来自国际法学院 1506 班，北京姑娘。出于消遣，军训时她每天都会坚持一个人绕着操练场跑十圈，从此便和长跑结下了不解之缘。2015 年 9 月进入国际法学院长跑队，取得新生运动会 1500 米第一名，校运动会 1500 米、3000 米第一名。2016 年 9 月，进入法大长跑队。

## 变身跑者

初见徐媛，她似乎并不似外界所认知的“阳光”。相反，她长发飘飘，柔声细语，浑身上下都透露出一种娴静。但就是这么一个看似温柔娴静的姑娘，跑起步来，身上好像有着用不完的劲儿。

徐媛是从大一军训开始接触长跑的。没有夜训的晚上，其他同学会围坐在操场上聊天，徐媛则会绕着操场跑十圈，“当时觉得要跑就跑得多一些吧，而且以一个旁观者的身份看看大家都在干什么，还蛮有趣的。”徐媛笑着聊起自己跑步的初衷。

军训第一次“触电”长跑，激发了徐媛的“洪荒之力”。院运动会时，徐媛在1500米跑中取得了第三名，也因此被国际法学院长跑队招至麾下。“其实一开始我并不是很厉害。”徐媛谦虚道，是后来百分百的投入和训练使她成长。“我训练的时候比较听话。当时，有许多资质比我好的队友，但是她们‘有点小调皮’，训练的时候常常请假。”但是徐媛每次都会准时到达训练场，保质保量地完成训练计划。

师兄师姐对徐媛倾注的心血，是她最大的动力之一。每当体力与精神状态到达临界，徐媛便会想起被给予的期许和鼓励，“我不想让他们失望，所以即使定下的目标比能力要高一些，也会努力去完成，这也是跟自己较劲。”这股狠劲儿给徐媛带来了身心的双重磨砺，一个月的训练结束后，她已经从队里的第四名变成了第一名。

集训后，第41届校运会如期而至。比赛前，徐媛非常忐忑。“因为当时国经田径真的不理想，院队的压力也很大。第一天的成绩也不尽人意。”幸好，长期的训练让徐媛在赛场上轻松获胜，把第二名甩得很远。“我在比赛过程中就可以确定自己是冠军了。”徐媛笑着示范当时频频比出"1"的手势，"因为我想给观众们鼓舞士气，告诉他们，还有很厉害的运动员在等着你们看呢。"

### 挑战自我

徐媛校运会的惊艳表现，吸引了校田径队经理孟博雅的注意，因此徐媛加入校队也是顺理成章。在她看来，校队的训练相对更加独立，但也更加辛苦。"当时有一个师兄，他已经很厉害了，但我每次去健身房都能看见他还在练体能。"这种体育精神也触动了徐媛，让她把运动变成了一种生活方式。因此，即使校队现在并不强制要求训练，徐媛依然坚持着每天抽出时间来跑步、拉伸，保持自己的体能。

除了日常的训练，大二下半年，她还参加过"众行法大"迎校庆长跑活动。由于从未进行过六公里跑的训练，徐媛并未取得理想的成绩。"我之前已经拿了三个冠军了，我以为这次比赛我也会拿冠军的。"徐媛不好意思地笑笑，"其实所有的成就都与努力程度有关，你没有练过那么多，就得不了那个第一。"

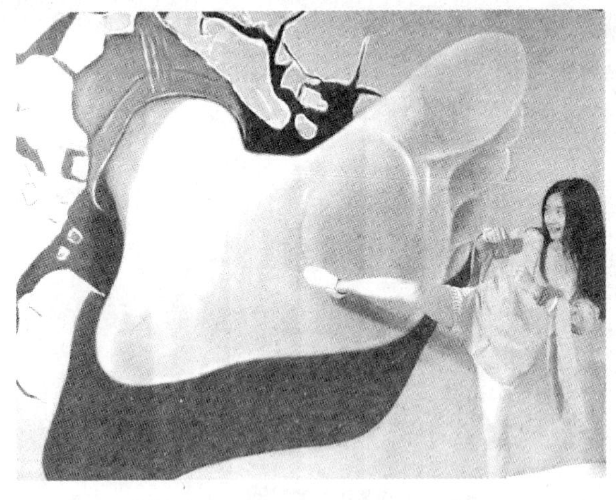

## 长跑与思考

长跑，始终是一项考验意志的活动。“每次跑到非常难受的时候，我就要开始思考哲理问题了——我是谁？我在哪儿？我为什么要在这里？宇宙的起源是什么……”徐媛笑着说，这样痛苦会相对减弱些，但难受还是要靠自己去克服。“我觉得长跑很容易跟自己较劲，并且把不可能完成的事情坚持下去。这种精神也会落实到别的地方，比如我要修读第二外语，我就一定要把它做完，不管付出怎样的代价。”除了一副几乎不生病的好身板，这股倔劲是长跑带给徐媛的最好的财富。

长跑中的习惯带到生活中，让徐媛变得像一个完美主义者。平日里，她把自己的宿舍收拾的有条不紊，在清晨为舍友们占座，每天背单词……徐媛说：“我希望把每一分每一秒的时间都利用好，希望生活被完完整整地安排好。”这就是她心中完美的生活状态。

恬静、坚韧、温润如玉，徐媛从奔跑中找寻自我、塑造生活。“其实运动和不运动的人，给人的差别是很大的。运动的人给人的感觉是有生命力的。我每次在走廊里走的时候，都是蹦蹦跳跳的，会跳起来去够那个安全出口的标志。”徐媛做了一个抬手的动作，“我希望大家能把运动当做贯穿自己生命的一件事情来对待。就像清华大学操场上写的那句话一样，‘为祖国健康工作五十年’，把运动看得更重要、更美好一些。”

# “CUPL 正能量”第一百二十八期：陈立夫

## ——书房里的烟火者

文/团宣通讯社　陆　娇　江新蕙　杨导航

菊园 2 号楼 215 室内，三个满满当当的书柜落地于陈立夫的宿舍中。无意抬头，不觉惊喜，那些一本一本、陆陆续续买来的书，如难以割舍的商务印书馆《汉译世界学术名著丛书》《生活与命运》等都静静地伫立其中。

**简介：**陈立夫，政治与公共管理学院 2013 级国际政治专业学生，政管院辩论队队长，政管院第九届学术论文大赛一等奖获得者，第十四届“学术十星”论文大赛优秀论文获得者。平日里最大的兴趣爱好是看书，除却为准备比赛、论文的“刷书”，大学目前累计读书五百多本，申请了个人公众号“不食烟火者的书房”用来写书评。与所有大四学生一样，他也在准备考研和申请出国，但读书的步伐却从未停歇。

## 读书，绝对不要与生活割裂开来

与所有大四学生一样，陈立夫最近正在忙着为考研做准备，读书的步伐不得不放慢了下来。

“大一一年看了近 200 本书，大二应该是 150 本左右。”他眼神放空，慢慢回忆道，“大三学业压力增加，同时要准备出国、考研、读研，就逐渐少了起来。”即使这样，这一学年他也阅览了百十本书。

“大学看书是比较有危机感的。”陈立夫皱了一下眉头，曾经有位老师提到一个非常现实的问题：“如果你不从事学术研究，也不涉足某些专业领域，等你进入社会以后，你可能连一本《易中天品三国》都不会去看。”也因此，他有一种非常强烈的急迫感，一想到数十年来寒窗苦读的知识有朝一日会变得“毫无用处”，一种可怕的情绪涌上心头，无力而无奈。

于是，常怀着这种忐忑的心情，陈立夫急迫地攫取书本中的知识，一笔一画地填写一份名叫大学岁月的答卷。

他曾尝试在“一些貌似不适宜看书的环境”中去读书，比如地铁。多次尝试之后陈立夫不无感慨：“虽然北京的交通不是很适合捧着一本纸质书，但只要坚持，也能收获很多。”其中，房龙的《宽容》便是在地铁上阅读完的。

谈起读书方法，陈立夫显得有些腼腆：“读得多了就习惯了，没有什么特别的方法。”大概就是熟能生巧，对他来说，“读书绝对不能和生活割裂开来。过于拘束反而不美”。陈立夫相信，不能把读书当做生活中额外附加的任务，读书也不能成为生活的负担。

当最后一个字扫落眼底，书页合拢，发出细微“嘭”的一声，轻轻地松一口气，把读书融入生活，成为生活的一部分，这便是他一直追求的理想状态。

### 求索，邂逅严肃文学背后

说到《宽容》，向来稳重的陈立夫有点兴奋，“这几乎是对我影响最大的一本书”。

颠簸的昌平线上，他一次次捧读这本厚重的书，直到合上书页才得以松一口气。陈立夫笑着说道：“《宽容》给了我很大的启发，几乎破除自高中时代以来的某种幼稚的权威迷信，让我能够更宽和地对待这个世界。”

这便是一个思想重叠碰撞的过程，在阅读中邂逅相同的、不同的理论见解，将固有的思想不断地塑造、解构、重塑造。“这便是一种颠覆，这是我的理解。”陈立夫说得十分诚恳，“比如马克思《1844 年经济学哲学手稿》，让我对传统的马克思产生一个完全不一样的印象，这些短小的句子不经意间便会产生文化碰撞的惊喜”。读书的乐趣即如此。而对陈立夫来说，在严肃文学背后邂逅文人趣事，比如阎学通老师书中对罗马公共澡堂的细致描述、“基辛格原则”、卢梭……也是另一种难得的读书乐趣。

陈立夫不断地强调，读书本身是一件很个人的事情，就好像创建公众号来写书评一样，“并没有很大众的目的”。但是读书的影响力却是巨大的。

于他而言，多年的阅读给他带来最大的影响，便是使自己认识到“无知”，从而避免“很容易产生的”某种偏见，更客观、理性、全面地看待事物。

在陈立夫的印象中，进入大学之后他有一个明显的思维方式的转换。初入大学，固有的高中生思维使得他总是在看待事物之前就有种先入为主的急迫性，但在广博地接触各大思想流派之后，这种价值观的影响逐渐减少，到后来更是像海绵吸水一样，能够撇去成见的影响。

“从这个角度来思考，看书是一件需要破除功利性目的的事情。”陈立夫陈述着他的理解：“不应该带有炫耀的心态去读书。我们需要的是让收获与自己的需求相关，而不是在与别人的比较中产生。”

**经历，顺其自然，量力而为**

“没有人生来便是喜欢读书的。”陈立夫深有感慨。

在父母的宽松教育和老师的言传身教下长大，从跟随老师阅读名著，私下里偷偷看人物传记开始，到无意间接触到钱穆先生的《中国历代政治得失》，他对历史学一往情深，也追求阅读专业的严谨文学。这个经历，甚至对于陈立夫来说，是偶然的，也是循序渐进的。

“我纯粹是因为个人兴趣在读书。”相较以前无论什么类型的书都要翻上一些来说，现在的陈立夫更倾向于选择感兴趣的历史领域。但尽管如此，“历史又何尝不是一个浩瀚的领域”，陈立夫抬头，憨厚地笑着：“所以还是量力而为，灵活调整。”

现在，三个满满当当的书柜落地于他的宿舍中。无意抬头，不觉惊喜，那些一本一本、陆陆续续买来的书，难以割舍的商务印书馆《汉译世界学术名著丛书》《生活与命运》等都静静地伫立其中。

不争朝夕，不悔岁月，只做一个沉默的书房烟火者。

# “CUPL 正能量”第一百二十九期：汪春玲

## ——军都楼里的超市姐

文/团宣通讯社　王逸君　陈　钢　何雨琦

“刚开店时，我就对我的员工说，我也是从学生时代过来的，我能够理解这些孩子，我知道他们最需要关怀。我们的一个笑容，一声问候，都能够让他们心里多一丝温暖和开心，让他们更好地去适应学校的生活。所以，我们要尽自己所能，一直贴心地陪着他们！”这是汪春玲的心声，也是军都服务楼 85 号店的服务宗旨。一天天，一年年，陪伴在每一个法大人身边，始终如一。

**简介：** 汪春玲，黑龙江人，现为昌平校区军都服务楼 85 号店店长。因其服务态度良好、笑容灿烂，被同学们亲切地称作“超市姐姐”。2016 年 3 月，她发起群聊并邀请近 500 名同学进群，通过在群里发布“失物招领”的方式，成功帮助许多同学找回了遗失的东西，也因此广受好评。

## 从身为一名“法大人”说起

汪春玲考入中国政法大学“老管院”时，校园里还找不见军都服务楼的踪影，只是每个宿舍楼一层各有一个小商店，卖一些基本的日用品，购物颇为不便。“虽然当时条件有限，但我永远记得商店阿姨对我的关心。”汪春玲回想起青春的往事，脸上洋溢着幸福而温暖的微笑，“阿姨给我的一个微笑，为我开启美好的一天，很简单，也很纯粹”。对于法大，汪春玲将它看作是“最爱的，生养我的地方”。在校四年间，汪春玲总是被这样平凡的小幸福温暖着、感动着；也就是在这些时刻，服务他人、温暖他人的举动在汪春玲心里埋下了种子：“如果有一天，我也会和阿姨们一样，像对待自己家弟弟妹妹一样用真心、真情把温暖延续下去。”

## 从学子到服务学子

一转眼，时间来到了2000年。由于父亲下海经商的坎坷经历，汪春玲立志要通过自己的努力，让父母以自己为荣。于是，刚毕业的汪春玲，没有留在熟悉的家乡，孤身一人闯荡北京，回到昌平，留守在法大身边。

2012年冬天，汪春玲终于等来了在法大开店的契机。军都服务楼店面的投标一通过，她马上着手准备，亲力亲为，用心打造着一个温暖的小店。初期，汪春玲经常会为店里的各种事宜忙到很晚，每次都会在深夜满载一路星光回到家中。回忆起那段时光，汪春玲道：“当时北门的小哥都觉得我烦，因为我每天最早去、最晚回，经常打扰到他的好梦。”她不好意思地笑了笑，“虽然辛苦，但我当时特别快乐。一想到马上就可以与天真、可爱、单纯的孩子们朝夕相处，我就充满干劲儿，动力十足！"

汪春玲尽心尽力的付出没有白费，尽管当时店在二楼，但来选购东西的同学仍然络绎不绝。日子越久，汪春玲和蔼近人、温暖体贴的形象就越是深入人心。"因为有了二楼超市姐姐，军都服务楼真的变成'服务楼'了呢，还是服务特别到位的那种！"一位在校学生这样评价到。在当年的 BBS 上，汪春玲成为"网红"，被一众学生夸赞"服务好、态度好、笑容灿烂"，好评量最多时达到一天三帖；而在年底的军都服务测评上，汪春玲更是以"667"票的绝对优势名列前茅。面对同学们的喜爱，汪春玲表示，可靠的产品质量和优质的服务态度是服务行业最基本的要求，无论什么时候，都要坚持。"和孩子们之间你来我往的交流让我感到很幸福，你对他们好，他们也会对你好。这样单纯轻松的校园环境，让我能够一直以青春乐观的态度面对生活。"

## 我在法大陪你

2016 年 3 月，汪春玲组建了一个用于发布"失物招领"信息的微信群。"一开始只是想随大流，建群推荐一些新产品，增进与同学们之间的交流。但后来发现，通过这个平台为大家进行失物招领，也不失为一个好办法！"汪春玲介绍道，"其实自开店以来，失物招领就一直是 85 号店的副业，因为常会有人不小心把东西落在店里。"有了微信群的辅助，85 号店的失物招领工作开展得更顺利了。"现在基本上发出失物招领信息后几分钟，就会有人联系到失主。"汪春玲难掩内心的小自豪。久而久之，85 号店的失物招领平台，变成了法大同学心里一个安心可靠的存在，甚至有的同学在别处寻到失物也会送到 85 号店。同学们纷纷表示：“在 85 号店什么都丢不了。”而在汪春玲看来，这些于自己而言都是举手之劳的小事，但是对于失主而言却是大事：“我自己也亲身体会过丢东西时焦虑的心情，因此能够将心比心。更何况这是在 85 号店里发现的，所以这是我们该做的，我们会一直做下去，不怕麻烦。”

回想与法大相伴的这些年，汪春玲感慨：“人世间最重要的还是感情，同学舍友彼此之间应该多联系、多包容、多帮助。当朋友遇到困难的时候，理应义无反顾、尽己所能。”她开心地笑着，“希望学生们能在我这里享受到温暖，也能把这份温暖传递给其他人。”汪春玲就是这样一个暖心的人，像一束光，照亮自己，也照亮别人，照进走进 85 号小店、来到她生命中的每一个人。

# “CUPL 正能量”第一百三十期：高子涵

## ——爱支教的孩子

文/团宣通讯社　刘睿敏　伍怡雯　孙逸纾

“志愿活动是我生活的一部分，我会一直做下去。”在高子涵看来，参加志愿活动是他生活中必不可缺的重要组成部分。在还未与“志愿”相遇的日子里，他的生活单调无味。但其后他在冥冥之中跟随本心，将自己与志愿紧紧相连。

**简介：**高子涵，刑事司法学院1502班本科生。大一学年志愿服务总时长达370余小时，被评为2015～2016学年优秀志愿者，获志愿服务奖学金。2016年暑假在山西省长治市襄垣县支教时，被襄垣县授予义务支教荣誉证书；连续两学期参加图书馆义工活动，并被评为“义工之星”；积极参加敬老院敬老、幼儿园交通安全知识讲座等志愿活动，有着丰富的志愿服务经历与支教经验。

## 支教，不止简单陪伴

高子涵生活在一个温暖的家庭里。奶奶做事细致认真，任劳任怨；父亲是一名数学老师，总是热心帮助身边的人。在家庭环境潜移默化的熏陶下，滋养了他从事志愿服务的心：不为名利，只求为大家带去温暖。

因为热衷于公益志愿活动，高子涵在大一参加了许多志愿服务工作：常规支教、敬老院活动、图书馆义工……然而，第一次支教便让他碰了壁。2015 年 10 月，高子涵报名参加了支教联盟组织的常规活动——前往振兴学校支教。他准备了大量的资料，但当他满怀信心地走进教室，却发现讲台下的一双双眼睛并没有想象中的热情。发呆、聊天，他们的注意力大多不在课堂上。巨大的心理落差让高子涵有些手足无措，不知该如何继续。

事后反思，高子涵便认真请教学校里的老师，询问他们激发学生学习兴趣的方法。一次偶然的机会，他将“辣条”带进了教室，孩子们看到后立刻活跃起来，大家七嘴八舌地和高子涵讨论，从“鸦片战争”讲到“国人信仰”，再谈到《周易》。一堂课下来，高子涵非常开心，孩子们也意犹未尽。“从这节课起，我明白了一个道理：要想上好课，先要学会走近他们。”

经过长时间的支教，高子涵发现，与孩子们相处最重要的是对自身的定位：“不要把自己看作施与者，而应该做一个平等的交流者，和他们交朋友。”他笑着阐述支教者与受教者的关系。2016 年暑期，高子涵报名参加学校青年志愿者协会组织的“星火计划”远程支教。一行十余人一同前往山西省长治市襄垣县开展为期三周的支教活动，有着一定支教经验的他迅速与孩子们打成了一片，一起度过了一段有意义的时光。分离时，被称为"小贾玲"的女孩穿上自己最美的裙子、平日里调皮的小男孩也将自己认真准备的礼物送给前去支教的同学们，一幕幕回忆在高子涵脑海中浮现："孩子们慢慢成为我生活中的一部分，我也很期待和他们的再次相遇。"

## 收获，体悟教学相长

在高子涵的日常生活中，参加志愿活动占据着重要的一部分。

高子涵对公益志愿服务的认识不仅仅停留在"参与"层面。大一下学期，做了一学期志愿服务工作的他发现了问题：宣传力度不够、参与人员中途退出率高等。针对这些问题，高子涵也有自己的看法："可以增加奖惩措施，保证志愿活动有效、顺利地进行。"他希望学校组织开展志愿服务活动能够更加完善。

谈起志愿服务，高子涵有着自己的理解："我只想尽自己所能找到价值所在。"为了留出更多做志愿工作的时间，他尽量将课安排在五大、六大，白大的时间则大多用在参与志愿活动上面。对他而言，这样紧张有序的生活是他一直不断追求和向往的状态："我的生活中就应该有'志愿'这一部分，就像有的人热爱学习，有的人热衷于社团，我对'志愿'的选择也是这个道理。"

"我对志愿服务感兴趣，是因为喜欢被需要的感觉。"高子涵和孩子们建立好的关系，与他们做朋友，并带去知识、捎去快乐；与老人相处，就像陪伴自己的家人，听彼时的辉煌，排如今的寂寞。当第二次前往振兴学校支教的时候，他转变了自己上课方式，寓教于乐——和孩子们一起玩你画我猜，课后也和他们打成一片，一起打羽毛球……相遇并结缘，于高子涵而言是一个奇妙的过程。

**成长，在且行且思间**

370 余小时的志愿服务时长，优秀志愿者，志愿服务奖学金……高子涵却谦虚低调：“参加志愿服务的路还很长，还有太多优秀的师兄师姐值得我去学习。”

回想自己参加志愿服务工作的旅程：从初次的懵懂与无奈，到现在的大方自信，高子涵还在不断的反思总结中寻找方法，在不断的实践中摸索进步。日记，便是他反思进步的见证——每次志愿之后，高子涵都会写日记。与最初时干枯的流水账相比，现在是写得越来越丰富，每一篇记录的都是值得回忆的点点滴滴。

高子涵在日记里回忆了自己的支教历程：从第一次支教时的兴奋与惊奇，到现在的成熟与稳重，自己也逐渐融入了孩子群体。当被问及自己给他们带来了什么时，高子涵不禁反思：“与专业的老师相比，身为支教者的我们不能给他们带来专业的课堂讲授，但我们能够带去一些独特的、成长中的体会和受用一生的智慧。”诚如是，支教便是有意义的。

志愿，需要反思、需要实践，两者相辅相成，方能收获良多。且思且行，是高子涵一步一个脚印坚持初心的动力。

“喜欢‘志愿’就坚持，不要在意别人看法，虽然最初会有徘徊、犹豫，但还是要坚持。”平平淡淡的行为，不忘初心，这又何尝不是最好的生活？

# “CUPL 正能量”第一百三十一期寒假特稿：法大达州支教队

## ——山那边的新年故事

文/团宣通讯社　贺翼清　李小趣

托着回家过年的行李箱，从去往西直门换乘的地铁线开始，2042公里、22个小时的“绿皮火车”、4小时的“山路十八弯”。“没有雾霾和大风，只有好吃的川菜。是回家，也是新的远方！”从北京昌平到四川大沙，法学院张玠和其他19位小伙伴，经历了一次终生难忘的旅程。

**简介：**中国政法大学四川达州支教队，共有队员20名，由学校西部青年志愿者协会组织而成，在校进行了半个月的基础培训和准备工作后，于2017年1月10日赴四川省达州大沙乡开展为期10天的支教活动。与达州支教队一样，在2017年寒假里开展远程支教活动的共有6支队伍，97名法大学子，他们分别去往云南省迪庆藏族自治州维西傈僳族自治县、广西壮族自治区贺州市、四川省阿坝藏族羌族自治州黑水县等6个地方。他们在支教地组织开展了以提升学生综合素质为目的的趣味冬令营以及“年味”十足的新年联欢活动。

## 因为爱，所以西行

2017 年 1 月 8 日，法大达州支教队在队长李维龙的率领下踏上了旅程。在张玠看来："去告诉孩子们外面的世界是什么样，就像告诉十年前的自己，心有所向，才能走得更精彩！"大多数成员都是怀揣"鸡汤"，抱着同样的想法参加了此次支教。"每个人都会有自己的经历，希望我们能成为山区孩子们人生路上不一样的经历。"国际法学院的张思雨这样形容这段旅程。正如同院的詹书迪所说："生命中与每一个人的相遇都是缘分，每一份缘分都可能对自己的人生产生不可思议的影响。"当20 个年轻火热的灵魂翻山越岭来到大沙，这份缘已在他们的心里留下了深深的羁绊。

这些孩子们或对历史文化兴趣浓厚，或梦想着能站在聚光灯下，成为一位明星，都幸运地遇见了一群愿意给予引导和帮助的大哥哥大姐姐。他们的故事在这个冬日，不断升温着。

但除去内心的温暖，队员们也像个"小家长"一样，为孩子们的未来感到深深的忧虑。来自光明与新闻传播学院的岳云教的是"八年级”，他发现，有些孩子并非如他所预想的那样积极、上进。“这里的生活似乎已成为他们人生的局限，毕业后考不上高中就要辍学，开始为生计奔波，令人痛心。”“看那些‘骑着电动车、抽着烟’的孩子们，他们中的一部分读完初中就步入社会，家庭稍好些的可能帮着家里经营小生意。”

和其他队员的想法一样，来自商学院的黄自力希望和小朋友们相处时，能够帮他们开阔眼界：“我尽力给孩子们灌些‘鸡汤’，让他们感受到不一样的生活体验，激励他们奋发向上，考上大学，走出深山，自己去看看外面更广阔、更精彩的世界。”

**和你在一起的每一天**

去年已参加过四川支教的队长李维龙，在这些孩子们身上找到了一份熟稔：“孩子们还是那么顽皮地打闹，把窗帘破布裹在身上演大侠。”相比其他队员的“温柔”，李维龙觉得，他在孩子们眼中一定是个严厉的“教导主任”。“每天都要调解学生们的矛盾，磕了碰了，打架了哭了，我都要和他们谈。”

而刑事司法学院的林尤展则看到了孩子们细腻的一面：“小朋友们其实很敏感，当他们察觉到我们的好，便会很自然地给予尊敬和爱。”第一次站上讲台，她就被孩子们的天真可爱触动：“就在今天（1 月 14 日），三年级的小朋友们给我唱了《宠爱》，他们奶里奶气的声音，把我‘撩’得毫无招架之力。”

孩子们也对老师们的到来感到分外欣喜。“第一眼觉得大哥哥们很凶，还是大姐姐们和蔼可亲！”大沙小学五年级的赵薇说道。而在之后的相处中，小朋友们和哥哥姐姐们共同学习、玩耍。同样来自大沙小学五年级的于炅说，他们和哥哥姐姐们玩了"贴膏药"的游戏，还笑称："哥哥姐姐追不上我们。"调皮捣蛋或许是孩子们的天性吧，但内心深处的纯真善良也在这种天性里交错生长。

"你能感到孩子们正在对你产生依赖，"李维龙微笑，"每天早上都有孩子给你塞零食，每个课间都要缠着你玩游戏，每个人都要找你签名……感觉在学校的每分每秒他们都想要围绕着你。"

**祝我们新年快乐**

随着"年味"越来越浓，大沙的家家户户都挂起了红灯笼，贴上了对联。孩子们开始期待着穿上新衣服、拿到压岁钱，也期待着在新一年能有新面貌。

支教队也准备了春节特别活动——趣味运动会和棋王争霸赛。趣味运动会中，"八年级"同学在"输了就加一节数学课"的"恫吓"下赢得了拔河比赛头筹；双人跳绳接力中，小朋友们"左手右手一个慢动作"，滑稽的动作让所有人都笑作一团；在丢沙包比赛中，大家为了胜利齐心协力、奋不顾身地"拦截"沙包……小朋友们和老师们打成一片，欢声笑语回荡在校园中。而在“棋王争霸赛”中，夺得“状元”、“榜眼”、“探花”的小朋友们在未来的生活中，又多了一份骄傲。

离春节还有八天，支教队也即将告别美丽的大沙和可爱的孩子们。告别以热闹的文艺汇演开始，歌舞、话剧、小品……孩子们稚嫩的表演中洋溢着努力与投入。汇演结束后，老师与孩子们交换了新年贺卡。孩子们的贺卡中写满淳朴与诚挚，民商经济法学院的郭正明感动地回忆着：“或许他们认识的字还不多，但他们对这个世界的爱从那简单无华的表达中体现了出来。”为人师的他们亦期望着孩子们能在新的一年中学业有成，以后能走出大山，见识到外面的大千世界。

面对离别，达州支教队的不舍化作一曲《再见》，对自己的学生缓缓吐露。“九天，我们看到了你们的活泼可爱，也看到你们的淘气顽皮。聚散终有时，你们都要健健康康、开心快乐地成长，我们会记得你们。”为人师九日，达州支教队得到了感动，留下了思念。

“冬令营带给我们很多快乐，也带给我们很多道理和知识。虽然我们要分别了，但我们不会忘了你们！新的一年要来了，祝你们新年快乐，每天开开心心，没有烦恼，我相信我们还会再相见的。希望下次还能再见到！”七年级的任娇用手写贺卡的方式表达了对老师们的祝福。

迎接新春的爆竹声渐渐响起，收拾好行装，支教队踏上了归途。

“无论今后是否有缘见面，我们都希望你们茁壮成长，活出自己的精彩，永远幸福快乐！”

“山外面有更广阔的世界和更精彩的生活。希望孩子们能不忘自己的理想，努力学习，走出这片大山。”

“感谢孩子们的爱与信任，感谢孩子们让我们走近你们。”——达州日记第五天。

# “CUPL正能量”第一百三十二期：袁纪辉

## ——非“典型性”学霸

文/团宣通讯社　王逸然　关舒丹　王佳燕

2016年6月，朋友圈“疯传”了几张关于侦破校园网络流量盗用案的“证据截图”：根据上网记录数据库的筛选，定位了某IP地址；结合学校局域网分布图，锁定该IP地址的地理位置，直接定位到宿舍号；根据日常上网习惯，再次认定流量“盗用”的事实：截止到6月28日24时，一共刷取当事人上网账号71次，共计40GB……

**简介：**袁纪辉，刑事司法学院2013级侦查专业本科生，曾获“学术十星”、“优秀刑司人”称号，现已被推荐免试攻读网络法学专业研究生。他还是国家三级马拉松运动员，曾蝉联校运会400米跨栏冠军。

## 兴趣是最好的老师

大一时，袁纪辉便和同学组队参加了“国家级创新项目”。“当时我们觉得社会上电信诈骗的状况严峻，就想做出一种防控网络关联诈骗的防控技术。”由于准备充分，项目顺利通过答辩。与此相关的论文之后也参加了其他的论文比赛，收获颇丰。

“学习最关键的还是靠自己，兴趣是最好的老师。”袁纪辉始终觉得侦查学特别有趣，它本身包含着一种科学探索的成分，对于好奇心偏重的他来说，探索的过程更加愉悦。“侦查学很酷，学习这门学科能使人思维敏捷，还能提高防范意识。”正是由于对专业有浓厚的兴趣，袁纪辉大量阅读本专业的书，课余及时了解最新的学科资讯，与老师同学交流分享自己的学习收获和体会。

袁纪辉假期很少回家：“利用好假期的时间，做一些平日里没有时间做的事，例如去国家图书馆查资料学习，抓紧时间为自己充电。”袁纪辉认为假期里“充电”能保证学习的连续与完整，抓住每分每秒，可以很好地协调日常学习与学术研究之间的冲突。

“学术研究的坎坷，就是当你想去探索一些新的领域，尤其是鲜有人进入的领域时，往往查不到资料，也不知道自己该如何着手，很难在短时间做出成绩。”袁纪辉一直忙于参加各种论文比赛，起初由于领域生僻，大多都石沉大海。参加“学术十星”时，袁纪辉完成了一篇与“空气浮游菌的属地性”有关的论文。出于严谨的态度，他将实证资料不足的文章推倒重来，“当时距离参评仅剩三周时间，我白天起床找老师聊论文，晚上刷夜写到凌晨三四点才休息，就这样周而复始的进行了三周”。他坦言，收获“学术十星”称号之余，他更理解了挑战和坚持的力量。

## 一次无心的学以致用

袁纪辉深知侦查学专业是实践性极强的学科，他当然不会错过生活中运用的机会。2016 年夏天，他运用所学破获了一起发生在自己身上的“盗刷校园流量”案件。当时，在发现自己的校园网账户流量使用异常之后，袁纪辉意识到流量被盗刷了。随后，他进入校园网系统，利用数据库筛选异常 IP 地址，在学校的帮助下不断缩小侦查范围，最后实地走访调查确定嫌疑人，形成了完整的证据链。破获案件后，袁纪辉选择了放弃公布嫌疑人身份，“躬自厚而薄责于人，则远怨矣”。事后，他将自己的经历做成了推送，为法大学子敲响了警钟。

2016 年毕业季，袁纪辉被推免到网络法学专业继续攻读研究生。“这是学校新创立的专业，我目前是这一届唯一一个学生，”袁纪辉略有自豪，“这是机遇也是责任，从此国家网络安全与发展便有了自己的一份担当。”

## 野蛮体魄很重要

大二时担任刑事司法学院七项全能队队长，大三时担任学院田径队总队长，“每天在操场上都要训练，苦中作乐”。袁纪辉如今依然怀念曾经的训练时光：“而且锻炼能结交很多真性情的朋友，让人心情愉悦。”

袁纪辉还多次参加全程或半程马拉松。“最重要的是有陪伴，在这个过程中可以认识很多人，大家相伴而行就会轻松一些。”袁纪辉曾亲眼看见一对白发苍苍的老人互相搀扶着在马拉松队尾跑着，这个场景深深触动了他。“当时觉得世界特别美好，能遇到一个陪伴你跑完马拉松的人，是人生的福报，”袁纪辉脸上泛起微笑，“人生也像一场马拉松，会遇见形形色色的人，不知什么时候就要分别，各自奔赴远大前程。”也许正是因为他始终坚持着做自己热爱的事，才能够在这场人生马拉松中恣意洒脱地奔跑。

大学要追求多样化，在更多的维度里野蛮生长，先成为一个完整的人，再成为一个专业性的人：这是袁纪辉的大学信条。他还会继续全心全意投入忠于内心的事，带着他的率性坚定前行。

# “CUPL 正能量”第一百三十三期：郜婷

## ——因为爱，我听见你的声音

文/团宣通讯社　伍怡雯　王文婷

（出于保护孩子的考虑，本文中孩子的名字均使用化名）

郜婷用手比划了“1、2、3”后一拍手，她身边的俩孩子力力和帅帅随即一起伸出小手比画着“剪刀、石头、布”，他们开心地玩着“剪刀、石头、布”。小姑娘力力总喜欢慢一秒出手，然后和伙伴们会心一笑。

**简介**：郜婷，刑事司法学院 2013 级本科生，灵心手语协会会长，和协会的小伙伴通过义卖等途径为聋哑儿童捐助助听器，并于 2016 年 6 月邀请中国残疾人艺术团来校义演。

## 走入"灵心"，改观志愿

高中时，通过一次偶然的机会，部婷接触到了聋哑儿童，看见他们"神奇"地用手语交流，便想进一步了解他们。

2013 年秋，初入法大，"百团大战"让部婷接触到了灵心手语协会，便毫不犹豫地加入其中。在大学期间，她参加了很多志愿活动，无论是协会内部的，还是其他社团的，都以极大的热情投入进去。在部婷看来："公益不分家，能够为需要的人带去帮助与快乐，我就非常开心。"亦如其所言，"阳光正好你在笑"，加入"灵心"是件很奇妙的事。

大一刚开始参与志愿活动的部婷还处于懵懂状态。支教前并不了解具体情况，而且简单地将志愿活动理解为"教育"，使她忽略了孩子们的需求。

部婷仍然记得第一次去特殊教育学校的经历。在告别演出中，学校的老师要求孩子们靠墙整齐地站成一排，孩子们缩着脖子，小心翼翼地看着表演。从他们拘谨的脸上，部婷看到了害怕和负担。通过不断思考，她渐渐对志愿活动形成了自己的看法："参与志愿工作不应该流于形式，而应该带去真正的帮助。他们缺老师，我们可以支教；缺课本，我们可以带去图画书。我们应该是一个平台，一个窗口，为需要帮助的人带去帮助，或者带去快乐。"

本着这个原则，部婷担任灵心手语协会会长时，想要为聋人孩子带去更真切的帮助。考虑到成本低、普及率高、政府补贴等因素，往年协会的捐助一直以书本和文具为主，但却很少提供一对一的、更直接的帮助，尤其在北京，对外地家庭贫寒孩子的帮扶情况更不乐观。

于是部婷想到对孩子们进行一对一的捐助。在北京市聋人协会刘春达老师的建议下，灵心手语协会决定为孩子们捐助助听器，因为这种方式能够直接、有效地帮助聋人孩子，让他们重新听见世界的声音。

## 助听之路，道阻且长

捐一副助听器，听起来很容易，但做起来却是个漫长的过程。一个质量较好的助听器需要 6000 元人民币，“灵心”首先要做的是努力攒够钱买第一副助听器。从 2010 年到 2016 年，整整 6 年的时间，每一次募捐、义卖、“刷寝”，都使他们离目标更近一步。2016 年 3 月，一日日地期待终于有了结果。

幸运的是，他们的活动受到了中国残疾人艺术团团长邰丽华女士的支持和帮助，邰丽华女士帮她们联系助听器公司。更可贵的是，公司听说了她们的活动，决定买一送一。这就意味着又有一个孩子可以听到世界的声音。

第一副助听器在 2016 年 6 月份捐助给了八岁的力力。“在去验配的出租车里，我和力力用手机开心地打字聊天，一想到她马上就可以听到声音了，心里别提有多开心！”对话框里的文字不断跳跃，就像郜婷的心情一样欢喜。力力还用手语和郜婷讲了龟兔赛跑的故事。

验配时需要戴上耳机测听器测试听力，举起手代表能感觉到声音。当力力第一次举起手时，郜婷激动得溢于言表。但是，当测试左耳听力时，力力却不再举手了。“验配的时候，我满心期待，特别希望她能朝我挥手示意自己听到了，但是力力只是不断地摇头，当时心理落差真的很大，但是后来想想，听到了就是听到了，听不到就是听不到，你得接受这个事情，难过也没有用。”

据医生讲，力力的左耳完全失聪，戴上助听器没有效果；右耳的听力严重受损，裸耳只能听到如飞机降落一般分贝的声音，戴上助听器后，能听见如汽笛声与耳边使劲拍掌一般分贝声音。迫于现实，助听器公司胡晓宇总经理、东城特殊教育学校校长、老师与郜婷一起商讨，给力力戴上两个助听器没有实际的效用，最后他们决定将两个助听器，一个捐给力力，另外一只捐给东城特殊教育学校的帅帅。

截至 2017 年 3 月，灵心手语协会已经成功捐助六只助听器，郜婷相信协会的捐助活动会越做越好，也会帮助更多的人。

## 别样温暖，继续出发

郜婷从志愿活动中收获了温暖、感动、鼓励以及支持，也用自己的行动带给更多人温暖。

2016 年 5 月，郜婷在中国政法大学校团委黄瑞宇老师的建议下邀请中国残疾人艺术团来校义演，法大学子对于残疾人群体的关注打动了残疾人艺术团。"在发出邀请不到一小时后，艺术团就答应来法大进行义演。"

2016 年 6 月 24 日 19 时，义演在法大昌平校区礼堂拉开帷幕，郜婷坐在台下，感慨万千："对于那些孩子们，他们也会和我们小时候一样玩起游戏耍赖，一样调皮起来让人恼火，带着鲜活的性格色彩。对于艺术家们，我内心更多的是敬佩之感，并且从他们身上受到鼓舞。对于残疾人，我们最应给予的就是内心的尊重。"

在与残疾人打交道的四年中，郜婷的心境也发生了很大的变化。"盲人即使看不见也会尽力去演奏器乐，聋人即使听不到也会踩着节拍去跳舞……我觉得我遇到的一些困难真的没什么，因为跟他们接触后，面对生活中的很多事，都能淡然处之了。"

谈起“灵心”的未来，郜婷的眼神满是期待：“现在协会的很多事情比以前做得更好了。募捐义卖等活动也做得比之前更加有声有色，学校师生的参与激情也更加高涨。”未来的路或许仍有坎坷，但是心之所向，一往无前。

# “CUPL 正能量”第一百三十四期：王诺

## ——来自法大的海滨法官

文/团宣通讯社　陈　钢　贺晓彤　李卓凡

“当时选择法院，是出于实现社会公平正义的理想。我觉得每个法律人都会有这种理想：从事什么职业不是最要紧的，关键是既要仰望星空，也要脚踏实地。”正是出于对自己作为法律人的定位，从1995年毕业至今，二十多年来，王诺坚守在基层，守候着自己的理想与抱负，也守护着一方司法的公正。

**简介：**王诺，女，汉族，山东省烟台市人，1995届法律系毕业生，现任福建省莆田市荔城区人民法院院长。自1995年到莆田市中级人民法院工作至今，22年来，坚守岗位，维护一方司法公正，并获得了“全省高层次审判专门人才”的殊荣。

## 法大，理想开始的地方

王诺印象里的法大校园与如今大不一样。“当时学校里几乎没有绿化，从军都山上看校园光秃秃的。大四的时候学校发动学生种树，后来回母校还特意去找了当年种的树。”说到求学时的校园，仿佛昨日还是法大学子一般的王诺眨了眨眼睛，陷入了回忆，“法大的氛围非常活跃，经常会请一些像杨澜、刘欢这样的大腕儿来做讲座，甚至还有摇滚乐队到校演出。”除了如今大家熟悉的文艺演出之外，网络不甚发达的当时，舞蹈也成为王诺和同学们的课余消遣，“当时比较流行‘新生扫舞盲’的说法，所以舞会很盛行，我们在学校食堂的二楼举办舞会，对面石油大学的舞厅更是出名，也有很多法大的学生去参加”。

2015 年 10 月，正值毕业二十周年，在校友联络会的组织下，王诺与同窗回到法大。看着绿树成荫的校园，走在银杏树簇拥的宪法大道上，王诺深有感触：“学校变化很大，变得比以前更美了。我们二十周年聚会，校友联络会还特意安排去食堂就餐，大家一起回顾了当时的学生生活，觉得特别亲切。”特别是谈到求学时的老师们时，王诺笑道：“印象最深刻的是许章润老师，当时给我们教授犯罪心理学。他在课上讲中国的古典哲学和西方哲学，对我非常有启发，尤其是培养了我的发散性思维。不同于常规模式的知识灌输，许老师更注重法学与哲学思想的交流。”说到这里，她的思绪仿佛回到了二十多年前的教室，初入法大，玉兰花开的季节，讲台上的老师讲授着公平与法治。

## 因为爱情，所以选择

“找准定位，脚踏实地”这八个字是王诺的真实写照。和很多人不同，毕业之后，王诺既没有选择北上广等一线城市，也没有选择回到家乡山东，而是跟随爱情来到海滨城市——福建省莆田市，做一名普通的法官。说起这个选择，王诺还显得有些不好意思：“当时比较单纯，家里父母也比较开明，所以最后和爱人来到莆田，到法院工作。”除了情感的影响以外，来自学生时代的影响也促使王诺做出了这个选择，“印象特别深刻的是一次江平教授的讲座，老先生在讲座中途假肢不小心掉了下来，但仍然继续讲演。乐观、豁达，这是我最真切的感受。”而这次演讲也让她第一次认识到了法律的神圣和作为法律人的理想与使命。

1995 年，初入法院的王诺也曾有过不适应，陌生的环境和语言，实务操作与理论学习之间的差距都让她倍感工作的不易。如今 22 年过去，经过长时间的积淀，王诺也有了自己的感悟，在她看来，法务工作中最重要的是找准自己定位，重视集体合作，坚守廉政底线。

回望当初的选择，她表示并没有遗憾：“毕业时爸妈已经为我在山东找了几份条件都不错的工作，但我认为更重要的还是根据爱好和自身条件去选择。如果对收入盯得太紧，价值追求就会淡化，事业生活就会有局限。”追随着理想与爱情，王诺留在了这里。

## 扎根于平淡

工作并非简单一句"理想"就能打理得出彩，更重要的是耐得住平淡。说起日常工作，王诺笑笑："不可能每天都有激动人心的案件，但是认真处理好每一起小诉讼纠纷，同样也在点滴间树立起司法的权威。"

由于荔城区位于莆田市中心城区，各类交通事故频发，诉讼纠纷繁多。王诺意识到这个情况后，利用新开设的交通法庭整合行政调解、人民调解和司法调解等力量，想方设法推动此类纠纷的高效解决。对于将交通法庭设在交警大院，她有自己的考虑，"这样做不仅可以提高办理交通事故案件的效率，更重要的是，一旦有重大交通事故发生，我们能第一时间参与化解，及时掌握第一手的证据材料，为接下来规范审理和诉讼调解打牢基础，努力实现公平公正。"

工作多年，王诺感慨，办理案件既平淡也复杂，"面对多变的案情，既要有情怀去指引做好每一个案子，也要脚踏实地，不断积累办案经验。起点是一回事，然而态度更关键。"于她而言，无论学习还是工作，只有注重积累与自我提高，才能追寻着理想，不断前进。

跟随爱情和理想，从法大来到海滨，22 年，沧浪顽石，不变的法大人。

# “CUPL正能量”第一百三十五期：郭颜欢

## ——运动多面手

文/团宣通讯社　伍怡雯　韩雪姝　王星星

2015年7月16日的武汉，空中飘着小雨，在渡江的逆流水段，风浪比平时更大更急，郭颜欢丝毫不敢懈怠，呼吸跟着水浪的节奏，一浪一划。两小时后，她站在江岸的另一边，欣喜之情溢于言表，这也是她第一次用自己的力量征服了长江。

**简介：**郭颜欢，湖北武汉人，商学院国际商务1502班本科生，校田径队队员，校跆拳道队队员，“闪联”（一支由商学院、外国语学院、人文学院、马克思主义学院同学组成的足球队）足球队副队长。2015年7月参加中国·武汉第42届国际横渡长江活动暨抢渡长江挑战赛，并在2小时内成功横渡长江。

## 长江中的中流击水者

生长在鱼米之乡的郭颜欢从小便坚持游泳，于她而言，游泳已成为生命中的一部分。也因此，常人眼中需要极大勇气的渡江之行，在她看来不足为奇：“这并非一件很困难的事情，就像有人喜欢跑步所以挑战马拉松一样，我喜欢游泳所以尝试渡江，感觉就是一次长距离的游泳。”郭颜欢笑着解释自己的渡江之行，聊起了做决定时的心情。

话虽如此，江水毕竟有别于泳池，赛前郭颜欢还是做了充分的准备。为了模拟江水的水体环境，主办方组织参赛者下到野湖中进行适应性训练，谈及此事她仍记忆犹新，“野湖的水很脏，第一次吸进水时差点吐出来，但我又想着要坚持，不然怎么征服长江”。除了在野外进行适应性训练，静水中的耐力训练也必不可少，“有一次在静水中游三千米，太阳光很强，上岸后就发现后背被晒伤了，用手一碰就特别疼。”虽然训练辛苦，但回忆起这些准备工作，郭颜欢依然觉得成就满满。

7 月 16 日正式渡江那天，凌晨五点多钟，郭颜欢便起床赶往集合地点做准备。可惜天公不作美，空中飘起了小雨，气温也较平时降了几度，以至她刚开始做热身运动时身体就不停地打冷颤。下到水中，强劲的风浪也加大了渡江的难度，“横渡赛在前半阶段需要逆流而上绕过三个墩，那天浪又很大，大家的呼吸也是跟着浪的节奏，浪一来就开始换气。游了不到半程，很多人就因为体力不支被救援队捞上去了。”直到她上岸后，才听说当天的浪有一人多高，这也刷新了她对江水水势的认知，“只以为海水的风浪很危险，原来江水的浪也很急”。

2017 年夏天，郭颜欢打算再渡一次江，有了之前积累的经验，她对今年充满信心：“我相信我可以再次成功渡江，并且比上次用时更短、准备更充分!”

### 校园里的体育爱好者

长期的游泳训练，让郭颜欢保持着较好的体能，加之自幼学习舞蹈，身体的柔韧度和协调能力都得到充分的训练，使得她在运动方面显现出较强的适应能力。足球、跆拳道都是她大学时才开始练习的项目，“进球队是很偶然的，当时选足球课就是想试一下新的运动方式，结果‘闪联’的负责人看到我踢球，觉得我出脚速度不错，就邀请我加入球队”。而参加校跆拳道队，也是因为在贾涛老师的体育课上，被老师一眼相中了出腿速度，经过训练顺利通过选拔如愿入选。

身处多个运动队，郭颜欢需要进行比常人更多的训练。尽管因右脚脚踝处受伤停训了几个月，但休养调理后的她又立刻投身训练。“每周一、三、五有足球队的早训，这是我一周内精神最好的几天”。郭颜欢这样形容早训，“对我来说，晚起毁一天”。同时，她每周一、二、三中午也会在五人足球场训练跆拳道，为 2017 年 6 月份的首都高校跆拳道锦标赛做准备。

谈起训练的日子，郭颜欢笑称，"有时候时间紧，中午啃个面包就过去了。也希望通过这段时间的训练可以取得理想成绩"。此外，作为田径队的一员，除自己擅长的短跑外，郭颜欢今年打算尝试新领域——跨栏，"我可能是跨栏中的'最矮选手'了"。郭颜欢打趣道，现在的她正在师兄的指导下为即将到来的校运会进行着训练。

## 运动亦修行，世事皆学问

尽管花费了大量的时间精力在训练上，期间也曾因为运动受伤不轻，郭颜欢却从未想过结束这个过程："Never，never！因为我很喜欢运动，所以总会挤出时间来训练、比赛的。"在她看来，运动与学习并非对立的事情，"在大学更多的是需要掌握学习的方法"。在郭颜欢眼里，学习是个很广的概念，她在运动过程中也学到很多知识：为渡江做准备时，和不同年龄段的人交流对水性的掌握；参加足球比赛，学习了富于变化的布阵方法；学习跆拳道比赛礼仪，能够感悟到体育精神……随着接触的运动类型不断增多，她对运动的思考也在不断拓宽、深入。

在参与各种运动过程中结识的同伴们，既是郭颜欢的榜样、也是她努力的动力。谈及校运动队既往的辉煌战绩，郭颜欢如数家珍："师兄师姐们真的很厉害，不仅在学习方面很优秀，在运动方面也是强者，与他们相比我觉得自己还是新手，要努力的方面很多。"她双手托着下巴，笑呵呵地说道。

"不开心就下水游个几千米，出来后什么烦恼都忘了。"郭颜欢早已习惯了在运动中释放，在运动中思考，那是她最自在的状态。

## “CUPL 正能量”第一百三十六期：姜溪海

### ——骑行者

文/团宣通讯社　陈广浩　邓云枝　孙逸纾

“我不赶路，我只感受路。”这是骑行者姜溪海的骑行之本。他的骑行，不在乎目的地，不在乎路边何景，骑行这件事情就是他最大的乐趣。

**简介：**姜溪海，商学院 2014 级本科生，多次参加骑行活动。曾远征闽粤，游览津冀辽，并于 2016 年 7 月 18 日到 8 月 5 日完成环渤海之行。在学习、社团工作之余，他常和好友骑上单车，到北京旁边区县转转，并在骑行过程中结识了许多志趣相投的朋友。

## 与骑行"谈恋爱"

"只带着一个收音机、一张地图"的简单旅行方式不断将他内心对骑行的向往勾起。"我觉得骑行很有意思，也经常在电视上看骑行者们的视频，他们对骑行过程的享受让我非常羡慕，这比坐火车更爽。"姜溪海一直喜欢外出走走，骑行便是实现的方法之一。小时喜欢看书、打乒乓球的他，在大学期间对骑行产生了兴趣，似乎是命中注定的缘分。

大一刚入学，他就想加入车协，但是由于小时候生病导致视神经萎缩，担心视力太差会对路况的判断有误，从而发生危险，家里人大多对姜溪海的骑行持反对意见。考虑到父母的担忧和自己的身体状况，他踌躇许久，最终没有在第一时间加入万里车协。承载他到处走走的心，是选择坐着火车去看看外面的世界。

大二辅修了中文专业，一次在西方文学史的课堂上，李忠实老师描述的骑行经历又一次打动了姜溪海，他再也抵挡不住骑行魅力的诱惑，想完成人生第一次骑行。

有想法就行动，姜溪海报名了 2016 年 1 月车协举办的从厦门到广州的远征。尽管父母仍旧担心他的身体状况，但是这一次的姜溪海显得格外坚定："作为理科生，视力原因让我无法报考对视力有要求的理、工、农、医类院校，也会在生活中遇到一些不便"，但他更怕自己以此为借口，从而逃避挑战和尝试。"其实，经过自己细致的研究和分析，我的视力水平骑车是没有问题的。我理解父母担忧的心情，但放弃骑行，也会遗憾，我需要这件事情来证明我骑车是没有障碍的。"经过一周的沟通，家人最终被打动，"父母可能感受到我对骑行的痴迷了吧"。姜溪海不好意思地笑笑，"于是放我自己去闯，让我如愿踏上远征的路”。这次的远征让姜溪海初次品尝到了“骑行好似谈恋爱”的滋味，于是便一发不可收拾。

## 想去哪儿，就去哪儿

感受到“想去哪儿就去哪儿”的自由与和大自然零距离接触的美好，姜溪海不再抑制自己的骑行心：只要有空，只要想骑，带上单车，说走就走。随着骑行次数的不断增加，姜溪海对骑行的迷恋愈发深沉。

回忆自己的第一次远征，2016 年 1 月份，从厦门骑到广州，整整七天的旅程让他记忆犹新。“以前听走过这条路的朋友说，1 月份沿线一般不会下雨。”但姜溪海一行人在七天的行程中“享受”了六天的大雨。更糟糕的是，骑行第四天师兄摔伤、同行伙伴钱包被盗使一行人的计划全部被打乱。为了能按时顺利到达目的地汕尾，大家紧急思考下一步行动计划。“那天的雨特别大，我们在汕头和平镇躲雨，目的地是汕尾，但是不可能骑到了。”他们随即决定搭车去普宁。这样不仅可以将自行车拆卸后存放在大巴底箱，还可以分批次到达目的地。“但由于时间过晚，前两批队员到达后大巴已经不发车了，于是只能坐高铁，唯一的问题是自行车应该怎么处理。”幸好队伍里的骑友有熟人在潮州工作，帮忙安排了一辆大货车，才解了燃眉之急。“虽然有些手忙脚乱，但还是能够感受到大家的团结与责任感，这对我的影响很大，也让我更加享受骑行这件事。”

除了远征，姜溪海在闲暇时也经常进行短途骑行，而这也让他收获了更多志同道合的朋友。2016 年 10 月 1 日，在骑行去呼和浩特的路上，姜溪海一行偶遇同去此处的清华大学骑友，同行间的惺惺相惜使两个团体瞬间多了许多共同话题。三位清华的研究生骑行时间较长，经验丰富，身体素质强，一路上跟着他们前行，由于训练方法不同，姜溪海和队友们的骑行速度不快，几度跟不上清华骑友的快节奏，但仍然不断突破自己的体能极限，一路酣畅淋漓，原本计划五天骑完的路程竟然只花了三天时间。清华骑友的标准是“速度快”和“高质量”，这也让姜溪海感慨：“我着实钦佩清华骑友的心态——无论什么都要用心，做好。”

## 享受过程，最重要

“没必要在乎目的地，对整个过程的享受才是最重要的。”在姜溪海看来，不怀任何目的的骑行是最纯粹开心的事情。

现在的他正忙着准备考研，骑行的时间越来越少，但每天依然坚持体能训练，一来能守住自己两年以来的努力，二来能够保持良好的身体素质迎接紧张的考研节奏。“虽然现在事情逐渐繁杂起来，但我还是会忙里偷闲骑着单车和朋友一起在学校附近转转。”他喜欢骑车时完全放空的状态，目的地不重要，和朋友们谈笑风生、享受过程才是他所追求的。谈及以后的打算，姜溪海已经有自己的规划：“等到了研究生阶段，如果条件允许，我还会像以前一样参加四场骑行比赛，获得比以前更好的成绩并和朋友一起骑一次远征。不在乎远征的起点和目的地，能和几位老友骑行，就是极好的。”

“多年后回忆起旅途中的故事，如果还能尝到在内心深处一直酝酿的蜜糖，也不枉自己如此疯狂地骑行过。”

不赶路，只感受路，姜溪海，一位钟情骑行的“浪子”。

# “CUPL 正能量”第一百三十七期：承勇

## ——百米儒将

文/团宣通讯社　施俊文　马丹婷

“短跑像一束璀璨的烟花，虽转瞬即逝，但给我一种前进的快感。”承勇道出了短跑在他心中别具一格的含义。短跑迸发出的魅力吸引着承勇，让他选择用五年的时光细细琢磨，亦在未来的岁月里与之并进。

**简介：**承勇，商学院工商管理 1502 班，擅长短跑，是校级、院级男子 100 米及 200 米短跑健将，2016 年 5 月获首都高等学校第五十四届学生田径运动会 4×100 米接力乙组第五名，2016 年 10 月获首都高等学校第八届秋季学生田径运动会男子 200 米乙组第六名。学习成绩优异，大一时曾获国家级奖学金。

## 奋战 0.01 秒

初识短跑，是在高中的一次运动会上，承勇代替一个临时受伤的运动员走上了短跑赛场，这一走就是五年。"我并不知道自己的短跑水平如何，所以当时的心态就是想尽力而为。结果比赛成绩让我出乎意料，获得男子 100 米第一与男子 4×100 米接力第一。"回想最初与短跑结缘的经历，承勇话语中流露出几分惊喜。这份意外之喜也给了承勇更多的自信，使他逐渐认识到自己的潜能与实力。

尽管高中课业繁重，承勇还是把这项运动坚持了下来。"最重要的是偶像的力量——博尔特。"说到这里，他不禁会心一笑，从高中到大学，这股力量从未消逝。"一方面，高中教室离操场比较近，意味着训练方便，另一方面，它是我放松的一种方式。"就这样，短跑运动给高中时代的承勇打开了一扇窗，使他遇见了不一样的自己。

大一时，承勇顺利加入了校田径队，从此开始了每天"早训加晚训"的模式。在他看来，短跑过程中，速度需要不断提高，因此所需的能量逐步增大，直到耗尽所有力量。但是短跑速度的提高是个很慢的过程，速度的稳定性也不强，所以需要持之以恒的训练。说到训练，承勇感慨，"训练很苦，但每个 0.01 秒的提高都能给我莫大的激励。我也不是一个人在战斗，还有田径队的队友相互鼓励，以及早训晚训陪着我的后勤部门。"这种苦乐交织的训练模式已经成为承勇生活中的重要部分，影响、改变了他的生活态度和价值观——挑战自我与顽强拼搏。

## 二战大运会

大学里，承勇曾两次代表法大参加首都高等学校学生田径运动会。

2016 年 4 月，承勇参加中国政法大学校运会时因缺乏参赛经验而起跑失误，无缘个人 100 米奖项。

有了校运会参赛失败经验后，承勇及时总结，并继续投入短跑训练中。一个月后，承勇首次出征大运会，则显从容淡定。在 4×100 米团体接力赛项目中，与队友一同获得了 4×100 米接力乙组第五名的好成绩。然而，作为第二棒的承勇在交棒时因左脚伤病复发而摔倒在赛场，“幸运的是，在第一棒的队友很给力，所以我在接棒时与其他组相比有明显的优势，我的摔倒并没有影响下一棒接棒，所以整个过程相对比较顺利。”跑完最后一棒的队友气喘吁吁，看到倒在赛场上的承勇，立刻横跨过整个操场到他身边，扶起承勇，把他背下跑道。肩并肩一起训练的队友给予的温暖和力量，让承勇更加珍惜由短跑带来的情谊。

日后的训练中，承勇左脚脚板的伤病并未痊愈，旧病复发也曾一度让他产生了放弃的念头，但是每每想起大运会上的难忘经历，承勇都会倍感鼓舞。同年 10 月，承勇代表法大再次参战大运会，荣获男子 200 米乙组第六名。

承勇说道：“大运会给我提供了更好的平台，在这里会遇到参加过世锦赛的项目能手，虽然会带来很多压力，但也能为今后的训练带来动力。”两次参赛大运会的经历，他感受到了法大在大运会短跑项目上的点滴进步，“既然自己是田径队的，那么就有责任为法大的短跑成绩做出贡献。”

2017 年 5 月，他将在教练的带领下，代表法大参加第 55 届大运会男子 100 米项目、200 米项目和男子 4×100 米接力项目。面对将要到来的比赛，承勇积极备赛并信心满满。

## 文武需兼修

与短跑赛场上的粗犷率性不同，生活中的承勇内外透着一股儒雅，这种风度来源于他好读书、善思考的习惯。平日里除了读专业书外，他还涉猎文学、哲理类的书籍，既发散思维，又能丰富生活。承勇最喜欢马尔克斯的书，尤其喜欢其作品《霍乱时期的爱情》和《族长的秋天》。“马尔克斯是一个有味道的男人。他尝过各种磨难的味道，展现人和生活最本质的面目，依旧活得开心；他亦不惮说出最真实又最不想被人展现出来的真相。”

这种情怀同样也体现在他对辩论的独到理解上。有过一年辩论经验的他尤其享受在台上陈词的过程，他认为能够用自己的逻辑链去阐明道理，并启迪观众思考是最重要的，承勇将其称之为“儒辩精神”。

有情怀，也有追求，作为商学专业的学生，学科思维方式很容易局限在寻求最大效益上，在承勇看来，这固然正确，但同时也要拓宽眼界，不能死盯直接收益，要大胆追求自己想做的事情。拿着相机去旅行，慢悠悠地走向目的地，随心拍下沿途风景，这是承勇得了空就喜欢做的事情。

因为有情怀，所以在生活的选择中收放自如，所以遇见不一样的自己。

# “CUPL 正能量”第一百三十八期：韩晔琳

## ——裁协好把式

文/团宣通讯社 施俊文 江新蕙 马丹婷

“一旦穿着裁判服站上赛场，就要抱着追求完美比赛的心态，欣然接受不完美的结果。”韩晔琳用自己的成功证明：燃烧不尽的热爱加上坚持不懈的努力，即便没有体育专业背景也可以将篮球裁判做到专业水平。

**简介：**韩晔琳，2009 级法学院本科生，2013 级刑事司法学院研究生，2016 年 7 月起在北京市人民检察院第三分院工作。2009 年至 2013 年加入法学院女子篮球队，大三时任队长；2009 年至 2016 年在中国政法大学女子篮球队担任主力中锋。国家一级篮球裁判，2011 年 9 月至 2013 年 5 月担任中国政法大学篮球裁判协会会长。裁判经历丰富，除了主持裁判校内篮球赛以外，还在昌平区、北京市各级比赛中担任裁判员。业余时间多次回母校为裁判协会会员进行培训。

## 初探篮球裁判之美

2009 年 11 月，韩晔琳在师姐的鼓励下开始学习篮球裁判规则。"之前我对篮球裁判了解并不多，但是自己喜欢法学，也喜欢事物在规则中运行的美感，篮球裁判规则正好完美契合了这种美感。"

在她眼中，法学和篮球裁判有异曲同工之妙。"如果说篮球规则是实体法，那么裁判法理论就像程序法，引导裁判员正确运用篮球裁判规则。裁判临场执裁的过程好似法官判案运用三段论，大前提是规则，小前提是赛场的客观存在，结论是裁判员做出的决定。"她在不断地思考中，体会着做好一名篮球裁判的精髓。

## 不畏荆棘成裁路

从首次执裁因紧张忘记三分有效手势到一名非体育专业出身的国家一级篮球裁判员，近六年里，韩晔琳不懈追求自己的篮球裁判之道。

起初，韩晔琳敢做判罚的潇洒劲儿赢得了不少赞许，但是问题也随之而来。有时虽然能控制住场面，实际上却不利于比赛流畅进行。随着接触更多的校外比赛，来自场上场下的各种压力也成为新的难题。

但韩晔琳从未退缩。通过做裁判笔记、写总结及赛后不断反思，她认识到问题的关键："裁判员的职责是服务于比赛，在该出现的时候出现，比赛的主角是队员。"而对于质疑，她也逐渐释然："一旦穿着裁判服站上赛场，就要抱着追求完美比赛的心态，欣然接受不完美的结果。"

经过不断的锻炼与提升，韩晔琳的能力得到昌平区里的裁判老师的认可。2015 年，在昌平区篮球裁判协会的推荐下，她得到期待已久的参加国家一级篮球裁判员考试的机会。此前在法大只有一位 2004 级的师姐成功注册为一级篮球裁判的先例。韩晔琳在区里老师的指引和鼓励下，摸索方法备战一级考试。临场、理论、体能，每一项都是一道坎。她拿出了备战司考的劲头对待理论学习，《篮球规则》与《篮球裁判员手册》早已翻烂。面对让大多数裁判员头疼的体能测试莱格尔折返跑，她也不断苦练。付出与回报是成正比的，她告诉自己，只要足够努力，就一定能够达成目标。最终，她从一开始的 50 趟跑到了 86 趟——这是一级考试中男生的标准。

功夫不负苦心人，2015 年 8 月，韩晔琳顺利完成全部考核，如愿注册为北京市一级篮球裁判员。她用自己的成功证明了：燃烧不尽的热爱加上坚持不懈的努力，即便没有体育专业背景也可以将篮球裁判做到专业水平。

## 情系裁判协会

2011 年 5 月，韩晔琳开始参加昌平区里的篮球比赛执裁工作，结识了许多经验丰富、热衷培养新人的裁判老师。在自身得到进一步提升的同时，她意识到，与昌平区篮球裁判协会的交流能够带来更多学习与锻炼的机会。一方面她积极与昌平区篮球协会联系，组织裁协会员们参加三级、二级篮球裁判员考试。另一方面，在2013年临近本科毕业时，她集中精力，为建立裁协的内部培训制度打好了第一仗。几周精心准备的讲义与长期的场边记录观察使她的授课富有条理与针对性，为大家解决实际问题。在成为一级裁判员之后，她在每一次回校培训中加入新的实战案例和最新的规则解释，让裁协的师弟师妹们能够学习到最新最准确的篮球裁判知识。“现在裁协的培训机制已经初步建立，我希望这种学习精神能成为传统，让法大裁协的牌子屹立不倒！”

2016年7月，韩晔琳度过了在法大的第七个年头，走上了工作岗位。对法大裁协的深厚感情与责任感，让她心中始终牵挂着热爱篮球裁判的师弟师妹们。她仍会抽出时间回校带着新人几场比赛，讲一两次课。“虽然毕业了，但我仍有机会给大家带来知识，拓宽他们的视野，于我而言，这是最幸福的事。”

正如每一次穿裁判服站上赛场那样，韩晔琳不断追求完美，又不断与成长中不完美的自己和解。在篮球裁判的路上执着前行，继续收获成长与感动。

# "CUPL 正能量"第一百三十九期：周志翔

## ——"四年"光影人

文/团宣通讯社　陈　钢　陈广浩

逸夫楼一间不大的办公室内，周志翔和他的团队正为拍摄学校的征兵宣传片有条不紊地忙碌着——灯光、道具、取景与构图……周志翔在法大新闻传播学院读本科生时的班主任刘徐州老师，这样理解自己的学生："他心系学校、尽己所能，听候母校召唤，是法大年轻校友爱母校的一个范例。"他将细致的观察与丰富的情感注入到自己的每一部作品中，用镜头记录法大学子在军都山下的四载青春。

**简介：**周志翔，新闻传播学院 2007 级本科生，在校期间组建创业团队，毕业后成立公司"龙葵工作室"，从事视频拍摄与电影制作，长期为汇丰银行、福特中国等多家知名公司及公益组织拍摄、制作宣传视频。学生时期代表作有电影《星辰》，"肆年"毕业视频系列作品（2011 年、2012 年）。

## 从毕业生到创业生

周志翔的大学生活多在同视频制作打交道："大三加入了学院里的传媒技术中心，为各个学院以及学校内的讲座等活动做直播"。在这个过程中，他与同学组建了一个非正式的团队，在更多接触校外的业务之后，逐渐过渡到由全职人员组成的团队，直到成立公司，正式开始了自己的创业之路。

创业初期的客户，多源于周志翔在校创作公益短片时结识的人脉，"他们会介绍我的团队尝试一些新的项目，或在各种论坛上播放我们的作品，慢慢地形成了第一批的客户"。公司也经历过两次经济危机，"有的客户结账流程较长，团队的运营因此出现问题，不仅发不出工资，有时连付房租都有困难"。对此他认为，关键要调整好心态，想办法通过其他项目撑过困难期。

正如周志翔本科时的班主任刘徐州老师的评价，"周志翔是个有理想又敢于为理想去拼的人！"经过了几年拼搏和市场口碑的积累，公司拥有了稳定的客户与收入。对于未来的发展，他有自己的考虑，"目前在尝试转型——明确定位，精简业务，未来要将重点放在对公益组织及公益理念的传播方面"。这个想法缘于他这些年接触到的一些特别的人，"他们放下自己原有的优越工作、生活条件，而投身于边远山区的公益事业，比如保护当地的鸟类或植物"。他希望运用所学的新闻传播学知识突破社会认知的局限性，将公益理念传递给更多的人。

## 把兴趣拍成理想

出于兴趣，周志翔在大一暑假开始接触摄影，"当时，找老师借了摄影设备，和团队在北京郊区的一个流浪儿童特殊学校住了一个月，拍摄孩子们的日常学习与生活"。开始时，不熟悉设备的他常常打电话问老师：磁带应该放哪面，怎么回放与倒带等问题。开始学习拍摄时，周志翔用"拉片子"的方式把两个小时的电影"播放—暂定—播放"拉长到十多个小时来看，摸索学习拍摄与构图。

那个暑假结束后，周志翔用了两个月的时间，在学校实验室的电脑上把一个月的拍摄成果剪成两个小时的作品后，电脑却意外地崩溃了。"两个月的工作量突然间没了，这时候只能再重拾自己的心态，从头开始又剪了一遍。"因此谈到创作好作品的关键时，他有感而发："有灵感、天赋的人，能做出一部完美作品的前十秒，而完整的作品还需要不断地坚持与细腻地刻画人物，多花时间与对方交流，观察他自然状态下的行为，然后去考虑拍摄的场景以及动作等。这样就能拍出一个真实、有感染力的人物。"

周志翔毕业时，在礼堂首映了自己的处女作九十分钟的电影《星辰》，讲述了法大校园中关于"错过"的爱情故事，融合了大一到大四过程中自己与别人的经历。"当时礼堂里坐满了同学，还请来了学校领导。观众们当时并没有太挑剔，还给予了较好的评价，我觉得受到了一些触动。但是我了解这个作品，清楚还有问题。"他谦虚地表示，"当时我站在台上的时候，并没有感到了不起，相反还有些羞愧。我说将来有机会，要回到学校放映一部更像样的影片"。

### "为母校做一部宣传片"

为母校做一部好的宣传片也一直是周志翔的初心。2011 年、2012 年他两次组队制作"肆年"毕业视频，2017 年再度接手"感动法大"

系列人物介绍视频制作。“我们专门组建十几个人的团队，花上近半年的时间，凝聚了毕业生们四年的生活经历与感动，呈现一部《肆年》。”2016 届毕业生何方在入学前看了 2012 年《你，就是四年》，“当时我还没入校，就已经被感动哭了。在大学里我一直想达到他的境界，也从他的作品中学到了很多，用什么样的剪辑、配乐、画面更能引起观众的共鸣，这在于平时琢磨得多，是长期思考、实践的结果”。

2017 年 4 月，周志翔回到法大开拍“感动法大”系列人物，“和被采访者在食堂边吃边聊，在这过程中了解他大概的性格及行为特点。然后再开始设计、选取合适的拍摄场景，这样最后采访过程中就不会拘谨而不自然，视频的核心内容就都准备好了”。

由于在外有拍摄任务，周志翔错过了今年 65 周年校庆宣传片的制作。他希望将来有机会能够融入自己作为毕业生的情感，制作 70 周年或是之后的校庆宣传片，“以情感来带动故事线，融入学校的办学理念，制作有法大特色的宣传片”。

他将细致的观察与丰富的情感注入到自己的每一部作品中，用镜头记录法大学子在军都山下的四载青春，尽己所能践行着一生一世法大人的诺言。

# “CUPL 正能量”第一百四十期：王小平

## ——校园动物呵护者

文/团宣通讯社　伍怡雯　李卓凡　陈　钢　何雨琦

夏日周末，绿意盎然，法大校园里惬意漫步的“小萌宠”总能给回家的校友、师生们带来些许欢愉和温暖。“咪咪，咪咪！”他把食物放在启运体育馆侧墙脚下的洞口，声声轻唤着。不一会儿，一只白色的小猫爬了出来，蜷缩在树荫里，静静地望着他。他没有靠近，反而默默后退，嘴里轻声念叨着“吃吧、吃吧”，生怕吓着小猫。

**简介：**王小平，1988 年起在中国政法大学体育教学部任教，至今已有 29 年。目前，在昌平校区为本科生开设排球、乒乓球课，并在研究生院教授体育法。作为一名教师，王小平不仅在课上教给同学们体育专业知识，还利用休息时间坚持喂养启运体育馆附近的流浪动物，以自己的身体力行为同学们上着“尊重生命，爱护动物”的生活课程。

## 工作外的“工作”

1988 年夏天，王小平来到法大任教，转眼已快三十年。排球、篮球、乒乓球、羽毛球都曾是他开设的体育课程。他还充分利用法大的法学特色，匠心独运，将体育和法律融合，与焦洪昌、马文丽等几位老师共事研究体育法领域的理论与实践，辅导研究生。

一天中，王小平要多次往返于体育馆和室外运动场之间，渐渐地，他留意到了那些常在体育馆外徘徊的小动物。它们居无定所，食无保障，他不禁为这些小生命的生活状况而担忧：“它们无依无靠，真的很可怜。”王小平一边说着，一边翻出了一张照片。照片是他在地铁口拍的一张公益海报——一只眼神里写满期待的流浪狗，旁边的配字写着它的心事：“我将格外珍惜你的爱，你能给我一个家吗?”王小平深受触动：“它们要的并不多，就是一个稳定一点儿的生活。”

在王小平看来，人和动物都是地球的一部分，两者相互依存，互相陪伴。“既然人有生命权，那么动物也应当有生命权。”看着这些鲜活灵动的小动物们，王小平觉得：“人和动物永远都是朋友，我们理应给予它们善意的照顾和关心。”

于是，照顾流浪的小家伙们，成了他给自己选择的另外一份“工作”。

## 心照不宣的默默关怀

王小平对小动物们的照料，总是平平淡淡地散落在生活之中：有时是把打包的残渣剩饭放在小动物的窝旁；有时是节假日里专门开车去学校给小动物添粮加水，仔细地放在不会被风雨侵蚀的体育馆墙洞口；有时是给相关单位打电话，请他们出面安置在马路边流浪的动物。而他随身包里那一块专门存放猫、狗粮的小角落，也是为爱心预留的空间。

王小平不仅在学校里喂养流浪动物，对自家附近的几只流浪猫也格外用心。"这几只猫特别喜欢在我们家高台子这儿玩耍，我会定时去给它们放点儿吃的。"虽然喂食时他们没有碰面，但久而久之已经达成一种心照不宣的默契，"我知道它们会在阳台调皮捣蛋，而我就在屋子里做自己的事儿，多好啊！"

王小平自己家里也收养了流浪猫，用他自己的话讲："是它们给了我很多安慰。"当他忙碌了一整天，回到家后，猫会跑过来蹭一蹭他，或者冲他叫唤，像是小孩在讨糖吃："一般这种时候，我都会拿小绳子逗逗它们"，王小平顺手拿起了边上的一串钥匙，微笑着亲自示范起来，"这是猫向人类撒娇示好的独特方式，陪它玩会儿，我自己也挺开心！"

## 是喜欢，更是责任

在王小平的内心，关爱小动物是自律的、自由的选择，他并不要求身边人效仿。"仁者见仁，每个人的思维和态度都不同。"在他看来，一些人出于爱心照顾流浪动物，另一些人选择拒绝也是可以理解的。

但是对于领养小动物这件事，王小平却有自己的坚持："如果自己没有足够的条件和能力喂养小动物，就让它顺其自然走自己的路。"王小平认为，接纳流浪动物是一个慎重的选择，"一定要提前考虑清楚，不管今后发生什么，都要为它负责到底，不能不管不顾"。

动物真的特别怕被遗弃，王小平回忆起带自家宠物出门打疫苗的经历："我把它关进笼子放在车上，刚发动车子它就发出十分抗拒的叫声，也许是以为我要把它扔了吧。可是打完疫苗回来，才刚进咱们政法的校门，它就安静了，似乎它已经感觉到了熟悉的气味，判断出了这是回家的路。”

如今，王小平仍然保持着随身携带猫粮的习惯，车子的后备厢里更是堆满给动物的食物。“我看到流浪猫狗就给他们一些吃的，能做一分是一分。”这既是他对动物的喜欢，也是一份甜蜜的责任。但同时，王小平也坦言：“其实我特别不愿意看到流浪动物，因为我没办法都能照顾到它们，更没办法预料它们的终点会在哪儿。所以我希望有更多的人愿意承担起照顾流浪动物的责任来！”

宠物主人再多一些责任感，陌生路人再多一些和王小平一样的友善，那么人和动物之间的信赖与陪伴，就能长存心间，温暖彼此。

# “CUPL 正能量”第一百四十一期：欧阳荣鑫

## ——非法学程序员

文/团宣通讯社　陈广浩　陈　钢

法大竹三的一间宿舍里，键盘敲击的声音持续响着。午时，看看外面已经高高升起的太阳，他起身去食堂解决自己的午饭，盘算着下午接着完成没有做完的编程，这是他的日常，也是他的生活。

**简介：**欧阳荣鑫，光明新闻传播学院2014级1班本科生。他成绩优异，乐于分享，常应老师邀请为学院的师弟师妹们辅导PS课程、解答问题，期末复习时将整理好的笔记分享给师弟师妹。参与校内小石桥APP的制作过程，为其日常运行提供技术上的帮助。他的电子杂志作品《渝味》获得了第四届中国大学生新媒体创意大赛“味道、家乡、数字生活”主题类作品二等奖和最具商业价值奖。

## 善待生活，善于发现

欧阳荣鑫的大学生活和大多数法大学生一样，但看似普通的他却有一双比常人更善于发现的眼睛：“很多法大的同学都知道麦胡的‘冰城大叔’，每次光顾，他都会很热情地与我们聊天，他的乐观开朗感染到了每一个顾客。有时遇到烦心事我就会去跟他聊聊，他会很耐心地听完并安慰我，我会觉得心情舒畅了许多。”欧阳荣鑫便想为这样一个受法大同学欢迎的人物拍一个视频。

于是，欧阳荣鑫就去与“冰城大叔”聊天。一开始“冰城大叔”并不看好他的想法，但他相信自己能够做好。于是，他通过耐心的观察，将“冰城大叔”工作的神态都通过镜头真实地记录下来。制作完成后，这一段视频“刷爆”了当时的朋友圈，“冰城大叔”也对视频十分满意。欧阳荣鑫幸福地说：“从那以后，每次光顾‘冰城大叔’，他都会更加热情地招呼我们，这甚至令我有些不好意思。”

## “那都是平凡的事”

欧阳荣鑫与编程的故事，要从他的初中说起：“那时我觉得好玩，就尝试通过老式手机编一些小程序，仿佛打开了一个世界的大门。”他自此爱上了编程，并且一发不可收拾。当时家里没有电脑，他就通过阅读有关书籍，利用学校的电脑学习编程。后来通过论坛等交流平台认识了一些大公司的编程技术人员，时常向他们请教：“那些人都十分乐意帮我，在我看来的大问题他们很轻松就能解答。编程技术得到提升的同时我也明白了分享和交流的意义。”

查询成绩与计算绩点的繁琐困扰法大学生已久，对此，欧阳荣鑫思索着，能否利用自己的知识和技术，制作出一个快捷查询成绩的程序。想到就去做，一个假期，一台电脑，一双勤快的手和一个灵活的大脑，他慢慢制作出了绩点查询的程序。“起初的程序还十分简陋，需要一个个输入成绩来计算绩点。出现 bug 时，还需要一遍遍地修改代码。”程序初步完成后，同样对编程感兴趣的刘宗锦找到了他，希望将这一程序加入法大小石桥 APP 中。欧阳荣鑫爽快地答应了，并在之后应同学们反馈的建议，不断完善并进行新功能的开发。如今，“绩点查询”功能已由一开始只能简单的计算，发展到现在的主修、2017 年春季学期与全部成绩三个部分与查看扇形图、绩点计算及近似平均分等多项功能，极大地方便了同学。“现在我只需要做一些简单的日常维护，并为法大小石桥 APP 提供技术帮助。”欧阳荣鑫谦逊地认为，这只是利用空闲时间做点力所能及的事，一切都很平凡。

在他看来，学习很关键，兴趣是第二位：“在直接工作和读研究生的选择中我更倾向于后者，因为年级再长些可能就没那么容易接受新思想、学习新知识了。”由学习带来的成就感和充实感也是一种动力，它与兴趣之间是相辅相成的。

## 分享、成长，都是快乐的

欧阳荣鑫乐于同他人分享。他心中坚信“1 + 1 > 3”——信息分享远超简单叠加的效益。因其出色的技术和优秀的成绩，他常应老师邀请为光明新闻传播学院的师弟师妹们辅导 PS 课程。来自新闻学专业 2016 级 1 班的朱祖绪说：“欧阳荣鑫很乐于帮助别人，遇见问题请教他，他都会很耐心地解答。”期末复习时，他还会把整理好的学习笔记发到学习群里，供师弟师妹们参考。“我只是想到他们可能需要，便在群里分享，希望帮助他们复习。”

欧阳荣鑫还积极参加各种比赛。大一时，他参加中国大学生新媒体创意大赛，但并未获奖。“我认为这也是一种积累，对自己的提升很有帮助。”对此，他没有气馁，经过了两年的沉淀与努力，他带着自己的电子杂志作品《渝味》再一次参加比赛，分享自己的家乡与美食。最终，《渝味》荣获第四届中国大学生新媒体创意大赛“味道、家乡、数字生活”主题类作品二等奖和最具商业价值奖。由于第一次参赛时比较仓促，在选题、排版和交互方面都有一些问题。欧阳荣鑫在第二次参赛时做出了调整：“虽然时间依然很短，但是从整个杂志的设计来讲，就得心应手许多。”谈及《渝味》的选材角度，他笑道：“我是重庆人嘛，重庆火锅最好吃。”再加上契合比赛的主题，《渝味》便应运而生。“拿早饭来说，在重庆的任何一条街上都可以吃到包子稀饭、豆浆油条、小面、米线、刀削和各种各样的粥。”欧阳荣鑫讲起家乡食物如数家珍。在重庆，不管是路边的老板还是来往的吃客，在对待吃这件事儿上，用两个北京人常用的字来形容，那就是“讲究”。一个人来到首都求学，远离家乡的乡愁加上对美食的思念，让《渝味》更添一份人情味儿。“这次能明显感觉到自己的见解和原来完全不一样了，这可能就是比赛最重要的意义。”

如今，欧阳荣鑫仍在用一颗热忱之心去热爱平凡的生活，用一颗平常的心去挖掘日常生活中细小的感动，坚持所爱，在生活中学习，因兴趣而学习，在平凡中寻找不平凡的意义。

# “CUPL正能量”第一百四十二期毕业季专题：民商1307班

## ——四年一生的伙伴

文/团宣通讯社　陆　娇

2013年，蝉鸣盛夏，刚结束高考的一群学子怀着些许的忐忑与美妙的憧憬，在志愿栏中写下了“中国政法大学”。于是，他们以“民商1307班”之名汇聚在一起，他们用四年的时光证明：最好的“我”离不开最好的“你们”，四年伙伴，一生陪伴！

**简介：**民商经济法学院本科生2013级法学专业07班，共有49人，其中中共党员15人，在校期间，班级多数学生曾任校院两级学生组织、社团部长以上级别学生干部，获得“国家奖学金”、“全国大学生模拟法庭竞赛”一等奖、校“学术十星”优秀论文奖、“创新论坛”一等奖等荣誉数十项。截至2017年6月15日，保送北京大学、中国人民大学、中国政法大学等校研究生14人，出国赴圣路易斯华盛顿大学、康涅狄格大学等校深造9人，在新疆、西藏、宁夏等经济欠发达省份已签约或拟签约参加工作、支教的毕业生10余人。

**无敌大七班**

等待进入大学的那个暑假，班级微信群——“无敌大七班”的隔空喊话，让散落在全国 20 余个省份的 49 个少年迅速熟络起来。怀着对新生活和新同学的期待，民商 1307 班的同学们在群里讨论着对学习生活和班级建设的想法，董天元回忆道：“从一开始我们就不怎么‘水群’，即使在班群里聊得热火朝天，也多是讨论一些对参加学生组织、学生社团的看法。”

开学之初，从线上到线下，整个班里的同学们仿佛小别重逢的老友，分外亲切。辅导员张葆老师至今回想起第一次班级见面会时的场景，都喜出望外又流露着些许骄傲，“这个班的同学都特别有自己的想法，班会上问了很多关于大学生如何更好成长、进步的具体问题，能感受到那些问题都经过了一定时间的思考和准备。”

为了让同学们更好地融入法大生活，大一班委组织了好几次学习经验分享会。魏若竹回忆起自己度过“迷茫期”的经历，不禁感谢起当时应邀参加分享活动的一位大二师兄：“当时听了师兄和我们分享的如何平衡社团与学习之间关系的方法，茅塞顿开。”

经历了短暂的适应期，"无敌大七班"的功能转型为交流和分享学习资源以及学校教务、考务信息。从大一下学期开始，法学专业课程，特别是必修课、专选课课程递增，到了大二时，个人要追求高效率、高质量的学习目标难免有些吃力，感受到这个问题后，高一丹每周都会把多位老师的课程录音在线分享，数年如一，"每次都会有很多同学开心地表示感谢，我觉得心里暖暖的，能为大家做一些事情，就是一种幸福"。

或许正是在这样融洽、共进的班级文化氛围中，七班的同学们渐渐地开始在校园里崭露头角，在学院、校运会的各个田径训练队中、在北京市乃至全国模拟法庭竞赛的赛场上……有学生组织中的主要学生干部、有"学术十星""创新论坛"的学术达人、有偏远地区法律援助和支教服务的志愿者……

## 团结的队伍有力量

1307 班的同学们，不论身在何方，都会牢牢记住自己是七班的一分子。从大一新生运动会全员出动开始，这种班级的集体荣誉感已初露端倪。每次院里组织篮球、足球等集体比赛项目，"无敌大七班"里总是一片"云响"，即使"插不上手"的同学们也都会主动地去加油助威。

让大部分同学都印象颇深的是学院组织各班级开展的文艺比赛，班委和文艺骨干早早就设计好了舞蹈动作，排练期间，同学们几乎每天晚上都能在固定时间参加训练，很多人为了彩排都让渡了自己休息和娱乐的时间。然而，比赛当天突然下雨，导致比赛改期，毕业班班长也尔帕说着笑了起来："我们提前租好的衣服连穿都没穿就还了回去，又因为来不及租借新的服装，最后还是全班同学们一起商定，尽可能地穿着统一服装去参加了比赛。”当主持人宣读取得第二名的好成绩时，“我们班的同学，一激动，就把当时的班长毛欣铭给举了起来”。时任文艺比赛组织者的贾如茵开心地笑了起来。

“我们班的同学团结、懂事、知感恩”，从大一到大四，从学习到就业，越来越多的具体班务需要全班同学的理解和配合，“每次进行信息报送、汇总或者开展其他需要同学们配合的工作时，大家都会及时回复和各自做好分内的事。其他需要班委协同开展的工作，也从不推脱”。毕业班团支部书记杨惠深有感触，“我们班做事效率高，也很少出错，从不给老师和学院添麻烦”。

“如果说 1307 班之所以能稍稍有点成绩的话，我想那源于这个班级的规划性和凝聚力。”张葆老师欣慰道。四月份的毕业班会座谈，当时很多人都在外地求学、实习，但一听到班级有活动，大家都迅速地更改了自己的计划安排，回到了学校，集结在一起。“这种精神能够保持四年，是非常难得的”。

## 感恩，四年的陪伴

法大六月的关键词，注定是“离别”。小小的校园里，放眼是“学士服”，漫步着留影者，仿佛想把四年里的每一秒时光都永远留在 2017 年的六月。

尚未离别便已开始怀念。“如果可以用一个词来形容我的班级生活，我想用‘陪伴’来形容。”也尔帕深沉地说着，“因为陪伴，所以有了心底里的那个‘民商 1307’，所以有了这个集体，真期待五年后、十年后、二十年后，法大军都山下的再重逢，‘在牛前，等你们。’”

难忘那些初识、相知，一起欢笑、一起奋斗的日子。“在法大，遇到了法学界的良师，认识了可爱、善良、优秀的同学们"，这是杨惠心中对法大最大的感恩和"确幸"。这些时光恍如梦境。这座小小的校园里承载了太多过去的梦，也托起了太多未来的梦，但哪怕是从万般不舍中醒来，离别近在眼前，"感恩"二字不足以倾尽对这里的情愫。"在我的内心，法大很大。"杨惠感慨。

离别的足迹，在时光中悄无声息的渐行渐远。在四载法大时光里，民商 1307 班 49 名同学有缘相遇，共同经历，彼此陪伴，凝聚共进。也许，他们中的某一个人，不是这个校园里最耀眼的，但四年，49 张年轻的笑脸，早已成为记忆中没人能取代的你我；也许，慢慢地，"无敌大七班"不再那么活跃，但四年，1389 个日日夜夜，谁能忘记那段青春岁月？

四年，让班级的每一个人成了"最好的我"，也让整个班级成为"最好的我们"。

# “CUPL 正能量”第一百四十三期暑期专题：武警国防生

## ——法大校园里的橄榄绿

文/团宣通讯社

风知道你，雨知道你，

橄榄绿的付出无声无息；

山知道你，水知道你，

橄榄绿的奉献全心全意。

一曲《橄榄绿》温婉动情，但勾勒不出法大国防生从十八岁到二十二岁，在军都山下绽放的那一段段平实又精彩的青春故事。那是风雨不辍、朦胧晨曦里的早操，那是同袍并肩、不胜不归的球赛，那是央视舞台、慷慨嘹亮的军歌，那是隆冬雪夜、寒风破晓的除雪……学术讲堂、支教课堂、奥运场馆、国庆游行和感动法大的颁奖典礼上，橄榄绿，在法大几乎所有的校园故事里，早已成为最鲜亮而正能量的色彩。

**简介：**中国政法大学武警国防生，自 2005 年 5 月武警部队与中国政法大学建立依托培养关系以来，已招收武警国防生 12 批次共计 868 人，涵盖了法学、行政管理、侦查等多个优势学科专业，毕业的 9 届共 672 人分配到武警内卫总队、机动师、警种部队、军事法院、军事检察院等各类型单位。

现有在校国防生 191 人，分别在刑事司法学院和民商经济法学院培养。十二年来，法大国防生作为校园里的先进模范群体，依托橄榄绿协会，成立国旗护卫队、合唱团等学生社团，承担奥运志愿服务、国庆群众游行等重大活动任务，126 人被评为"国庆 60 周年群众游行先进工作者"，13 人被评为"优秀奥运志愿工作者"，2010 年国防生团体光荣地当选为"感动法大先进集体"。

### 新训，"我是一个兵"

作为传统，历届法大国防生的训练，开始于新生入学的第一天夜晚。迢迢千里奔赴，身上尘埃未落，当法大校园对于很多新生而言还是陌生模样的时候，国防生同学之间却早已彼此相识在队列中——"我是一个兵"。

在师兄的带领下，剃了"平头"的新兵们以生疏僵硬的姿态列队齐步走过梅二楼下，"橄榄绿"的新装在同龄人的注视下变得格外醒目。"国防生"三个字不再是遥不可及的梦想，它第一次如此真实地变成了佩戴在他们胸前的国徽。

天色朦胧时起床出操，汗水浸透后洗一个冷水澡，每一次集合时用洪亮的嗓音应答着点名，每一名国防生都经历过这样的新生训练。从九月初到十一月中旬，从晚上七点到十点，操场昏黄的灯光拉扯着影子幢幢地在身后铺长，汗水蜿蜒流过通红的面颊从下颌滴下，有力的步子砸在橡胶跑道上，意识逐渐与紧绷的神经、僵硬的肌肉分离开来，每一个人都被要求尽快成为一名合格的军人，默默地理解着、体会着“学会服从、立刻执行”“全力拼搏不掉队”的真正含义。

在新训最后的新生授衔仪式上，当教官庄重地把学员衔佩戴在他们肩上，新兵们回敬一个有力的军礼，一举一动规范齐整，起落间手臂生风，日日夜夜的洗礼在这一刻成为光荣与不悔。他们满怀激情，在军旗飘扬的地方庄严宣誓，成为光荣的武警国防生。

**大学，普通与特殊之间**

除了清晨的早操、周末的训练以外，大学生活里身着便服的国防生与其他法大学生没有两样，同一间教室上课、同一门课程学习，参与同样的社团活动、在同一个平台竞技……但国防生本身就是一个集体，每个人既要做好自己，更要为集体争光、为法大添彩。

从 2008 年北京奥运会上的志愿者到国庆 60 周年群众游行队伍中的标兵骨干，从志愿服务时长超过 500 小时的社团达人（CUPL 正能量第 54 期人物：韩瑞泽）到创业学业两不误、司考 421 分的学霸（CUPL 正能量第 115 期人物：程时豪）；从北京市大学生田径运动会记录缔造者（CUPL 正能量第 57 期人物：兰—1616 宿舍的“三走”故事）到央视全国大中学生文艺会演舞台上的合唱团；从法大校园里的国旗护卫队到江西抗洪大堤上的特战队员（CUPL 正能量第 117 期人物：陈赟）……他们都默默地绽放着自己的光彩，为整个集体博得傲人的成就。

2014 年首都高校国防生篮球联赛中，法大国防生篮球队力克强敌，勇夺联赛冠军；2015 年 6 月，在总参、总政组织的北京毕业国防生军政素质考核中，6 名法大国防生取得了军政理论考核满分，刷新了本考区的纪录（北京地区满分人数共 8 人）。十二年来，法大国防生 1496 人次获得校级以上各类奖学金、竞赛奖项，342 人加入党组织，116 人志愿到新疆、西藏、青海、甘肃、云南等边远艰苦地区为当地部队服务。

荣誉和成绩背后，不是一个人的努力。每一名国防生的假期都是新的训练的开始，大一暑假的防化训练，大二暑假的部队实习，训练要求一次比一次更加严格、更加辛苦，然而当九十多号人聚在一起，训练时相互激励、比赛时争先恐后，私下里却能看到两个大老爷一起抱头痛哭。一声战友、一生兄弟，对国防生团体的归属感也正是在这样的点滴相处中积累起来的。“无论是外出训练还是实习，那个时候心里虽挂念着家人、朋友，但更多时候还想着离自己不远处的战友过得怎么样。”2014 级国防生王宣又回忆道。

## 法大，永远的精神家园

“当那一天真的来临，放心吧！祖国，放心吧！亲人，为了胜利我要勇敢前进……”2017 年 5 月 4 日，30 名法大国防生合唱团成员在中央电视台的舞台上将《当那一天来临》演绎的格外动情，“作为当代年轻军人的代表，我们不敢有一丝懈怠，动作不行就练十遍、二十遍，直到整齐划一”。2016 级国防生徐铎源回想那段日子仍意犹未尽。“演出前的几天合练都持续到凌晨两三点，即便是 3 日上午遗憾地错过了习近平总书记来法大考察，但圆满完成演出任务，为法大争光，是我们义不容辞的责任！”2014 级国防生刘禹杉坚定地说。

大学生活虽然丰富多彩，但对于国防生而言，军人的生活“光荣在于平淡，艰巨在于漫长”。荣誉、责任和担当，自穿上军装站在队列里的那一刻起，便高悬于心，一切都是为了践行这些目标而努力。时光荏苒，招之即来，战则必胜的英雄本色永不褪色。而为法大争光，则是法大国防生心中的誓言与使命。

“‘致公’是法大的精神。‘经国纬政，法泽天下’，每一位法大人自入学起就拥有这样一种家国情怀，我也不例外。”上过江西鄱阳湖抗洪前线的2010级国防生陈赟时常告诫自己：“作为一名法大人，无论走到哪里，都不能给母校丢脸。而法大国防生更是一个光荣的集体，身为其中一员更不能丢脸！”

四载军都春，一生法大人。多年以后，再次回想起某个夏末的中秋节，在操场“拉歌”的大男孩们脸上的拘谨、腼腆，都早已在岁月的打磨中雕琢成了坚毅。在这小小的法大校园里，那一草一木连同遇见的那些人、发生的那些事都会渐渐地模糊，唯有这里的法治精神、家国情怀，早已和军人的无畏与担当融入了国防男儿的精神血脉，随时准备着在祖国和人民需要之际轰然沸腾。

谨以此文献给武警部队选培办驻中国政法大学全体官兵及国防生，祝中国人民解放军建军90周年节日快乐！

# "CUPL 正能量"第一百四十四期暑期专题：孙蕾蕾

## ——小山村有大梦想

文/团宣通讯社　董浩然　王文婷　杜　芬

始于蝉鸣渐息的初秋，终于翠色浓郁的盛夏，时间如匆匆流水转瞬即逝。一个小小的校园，12 位朝夕相处的支教伙伴，158 名淳朴可爱的学生，孙蕾蕾的支教生活，宛若山前的小溪，在那个偏僻落后却终生难忘的小镇缓缓流淌，沁润了他人，也感动着自己。山村讲台，不知承载着多少明媚梦想；陌上花开，一年青春被时光雕琢成了最美的模样。

**简介**：孙蕾蕾，女，中国政法大学民商经济法学院 2015 级硕士研究生，中国青年志愿者扶贫接力计划第十八届研究生支教团成员，已在山西省石楼县完成为期一年的支教工作。本科阶段，曾参与 2014 年关爱女孩青年志愿者行动，SK SUNNY 大学生志愿活动等项目，获得"三好学生""优秀学生干部""北京市优秀毕业生""优秀志愿者"等荣誉，曾任民商院女子篮球队队长，院女子短跑队、全能队队员。

## 生活里的苦与心里的甜

2016 年 8 月 30 日，一辆大巴车风尘仆仆地颠簸在黄泥路上。车窗外，点缀着零星庄稼的山坡、负重累累的黄牛，还有新旧参差的摩托车，随着大巴车的行进呼啸而过。孙蕾蕾坐在大巴车里，身边是 12 名和自己一样满怀着支教梦想而来的研支团成员。

"其实，我一直都很想能有一次长期支教的机会，所以，我很珍惜在石楼的这一年经历，让我实现教师梦想，更锻炼了自己的能力，丰富我的人生阅历。"

石楼县距离太原市有三个小时的车程，小蒜镇离石楼县城有一个小时的班车里程。干旱的气候和简陋的供水条件让洗澡成为来自"大城市"老师们的棘手难题。夏天气温高，人一动就会出汗，更不要说畅快地运动，这让热爱运动的孙蕾蕾很不适应。孙蕾蕾起初只能厚着脸皮去镇上老乡家蹭澡，但一个多月后，她也习惯了平时用水在宿舍擦擦，然后两周去镇上洗一次澡的"苦日子"。

食堂单调而乏味的大锅饭几乎是全素，而忙碌的支教生活却带来了无比的"好胃口"，两相一比自是难耐。好厨艺就是在这样的情况下磨炼出来，偶尔和同事们在宿舍做饭打打牙祭的孙蕾蕾，也慢慢忘却了都市生活的瑰丽与便捷。这些经历给青春涂上一层质朴的颜色，在石楼埋下了一粒满怀着希望与爱的种子。

## 做一名称职的好老师

一栋教学楼，一栋宿舍楼，一个铺满小石子的运动场，便是这个小小校园的全部。宿舍的二楼既是老师们住宿也是办公的地方，孙蕾蕾每天都会在床边的书桌上批改数学作业。她是初二两个班的数学老师，每天都会有十几个“小豆丁”在她的宿舍里蹿来蹿去。

孙蕾蕾不止一次地回忆起第一堂数学课的场景。当她走进教室，所有的孩子们迅速起立并大声地对她说：“老师好！”也许是孩子们的嗓音过于稚嫩，也许是初为人师的兴奋让她无所适从，站上讲台的那一刻，她的眸中映照出 64 张璀璨的笑容，一个浅浅的信念开始扎根在她的内心：“做一个对这群孩子们负责的好老师！”

提高教学效率与质量是孙蕾蕾的无奈之处：“小蒜镇的基础教育水平不高，高中孩子们的数学基础都比较薄弱，我班上有的孩子甚至连乘法口诀都背不全。”面对这种近似于“女娲补天”的教学困难，她的选择是先以更高的标准要求自己，再严格地要求学生们。她细心了解了学生们的心理状况，认真观看了大量初中数学教学视频，并且准备了翔实的教案。

从那天起，这位新来的数学老师便成了孩子们眼中的“占课狂魔”。为了夯实学生们的数学基础，孙蕾蕾放慢了教学速度，并且每天逮着机会就给他们的课表加数学课。时间慢慢溜走，孩子们的学习信心和学习成绩也都有了明显的提升。

## 支教，走进心灵的路

虽然在课堂上是恪尽职守的严师，但在平时与孩子们交往互动中，孙蕾蕾却扮演着知心姐姐的角色。

涛涛是支教结束后还与孙蕾蕾保持着联系的一名学生。最初，孙蕾蕾因为涛涛徘徊在班级末尾的成绩和略显孤僻的性格而关注到他，她打算慢慢地走进这个孩子的内心。孙蕾蕾的善意让涛涛渐渐打开了心扉，她心疼于涛涛因为特殊的家庭背景而自卑寡言，也惊喜于他沉默下的聪慧。为了开导他，孙蕾蕾经常主动找涛涛聊天，鼓励他去接触新鲜事物，帮助他解决生活与学习上的难题。涛涛开始愿意交流，性格也变得更加乐观，甚至偶尔会主动陪着孙蕾蕾一起夜跑，和班上同学们一起打篮球，一年之后，学习成绩更是一跃上升到班级的第二名。

孙蕾蕾的体贴与努力获得了孩子们的认可，班级里的小秘密，青春期的小困惑，少年心中的小目标，人生路上的小理想，甚至有的孩子告诉她“学 hua（法）真厉害！我以后也要当法官！”孩子们总喜欢和她分享这些有趣且真诚的心里话。烛光闪烁的生日会，晨光熹微的小操场，倒影细瘦的篮球架，气氛活跃的“狼人杀”，孙蕾蕾关心着、融入着孩子们的生活，孩子们也为她的支教生活留下了五彩斑斓的回忆。

每当想起支教的这段时光，孙蕾蕾都不由地感慨“幸好身边还有那些同甘共苦、互相交流经验的伙伴们”，要感谢“一直对我的课保持热情与认可的孩子们”，正是孩子们期待的双眸让孙蕾蕾始终不放弃、不抛弃，“谢谢你们，让我不忘初心”。

幸得识卿桃花面，自此阡陌多暖春。一年的支教生活虽然短暂，却给了小山村里的“涛涛”无数个梦，也许是大大的梦想，也许只是暖暖的回忆。而于孙蕾蕾，一年的青春年华在石楼这座小城，如陌上那朵迎风摇曳的含羞蓓蕾，抽芽、绽放，分外绚烂，美妙缤纷。

# “CUPL正能量”第一百四十五期：迎新临时住宿区

## ——法大，一个温暖的家

文/团宣通讯社　李卓凡　岳子涵　董浩然

“儿行千里母担忧。我们把孩子送到这儿，就算到家了！”一位来自安徽的新生家长疲惫的话语里流露着欣慰。一排排整齐的行军床，数十株清新的绿植装点着启运体育馆的空地。平日充斥着喧嚣的体育馆里，志愿者们早就铺好了崭新整洁的被品，这里即将入住陪伴新生入学的家长们，而在家长的祝福和企盼下，那些年轻的法大人的故事也将从这里开始。

**简介：**自2014年本科生迎新活动起，每年为解决部分新生家长来校的住宿问题，中国政法大学都会在新生入学报道期间，在学校昌平校区启运体育馆设置临时应急住宿区。来自学生委员会的志愿者们，核对新生的录取通知书或一卡通以及家长本人的身份证后，家长就可以免费借宿。而2017年则给予已申请通过“绿色通道”或有家庭经济贫困相关证明的新生家长优先使用权。

## 儿行千里母担忧

程飞（化名）是刑事司法学院的新生，他和父亲从遥远的青海一路跋涉而来。启程之前，满怀欣喜的一家人还不曾想送孩子上学是这样一件劳心费神的事情，程爸爸想着来时的种种“小插曲”，憨厚一笑道：“再怎么累，这一趟也值！毕竟咱们农村的孩子来北京一趟不容易！只希望他能好好学习，以后能为国家多做贡献，不负法大老师们的用心栽培”。

而来自昆明的李梦（化名）的母亲更坦言：“我之前没有试过在体育馆里住宿，所以今天就来法大尝试一下啦!”李梦妈妈的脸上带着亲切温暖的微笑，毫不掩饰言语里对临时住宿区的满意，“亲自送女儿来北京，自己也是想看看真实的法大，希望自己能够更多一些地亲近女儿的大学生活”。

“她从小到大身体弱，而且上学比同龄人要早。这次离家这么远来上大学，我真的很担心!”妈妈的话语中流露着对女儿李梦的疼爱和期待。“我希望她以后能有自己的想法。大学四年，她能走到哪一步、到达怎样的高度，都得靠她自己慢慢来。”

整洁的床铺，柔软的枕头，平整的毛巾被。地面上悉心贴好了木纹的地板革，门旁的饮水机旁摆着一次性纸杯，处处感受得到家的温馨。在这个临时应急住宿区里，来自五湖四海、口音各异的家长们彼此亲切地交谈着，无数的企盼和祝福汇聚在一起，真像是一个热热闹闹的大家庭。

## 宾至如归，法大如家

这已经是临时住宿区设立的第 4 个年头了。从 2014 年起，为了解决部分新生家长的住宿问题，学校先后在学生活动中心和启运体育馆分别设立临时住宿区。自设立起，每年都为数百位新生家长提供住宿休息方面的便利，仅今年就有 168 位家长入住。

学生委员会的志愿者们每一年暑假都需要提前返校，仔仔细细地购置物资、布置场地从新增预约服务到发放入住卡片，志愿者们一直在不断地完善着住宿区入住的程序改善着住宿的环境。

为了营造温馨、便利的生活环境，2017 年的应急住宿区除了基本的住宿功能外，还为家长们准备了免费的洗漱用品和饮用水，甚至还设置了充电区。稍闲下来的志愿者就成了学校的义务宣讲员，家长们也会主动地向他们问询、了解法大的校园生活。

来自政治与管理学院公共管理 1601 班的志愿者李沁感慨道：“这真是一项特别的志愿服务活动，既复杂又简单，难在细致入微，简单在只要有一颗真诚的心，像对自己家人一样，就能做好。”

商学院 2017 级工商管理专业的王喆（化名）在母亲和姐姐的陪伴下来到法大，他的母亲说：“开学这段时间，实在是太难订到酒店了，学校免费提供的休息区真的为我们提供了很多方便。”王喆的姐姐也很满意地说：“这儿什么都不缺，工作人员耐心又热情，早上我看到他们在认认真真地浇花，就像照管自己的家一样，感谢学校和这群孩子们!”

## 寻梦千里，不负椿萱

刚开始离家求学的学子也正开始懂得珍惜与家人在一起的时光，父母的一颦一笑、一举一动，他们都默默看在眼里，感念在心。

李梦是一位纤弱可爱的小姑娘，她特别希望能够在大学加入一个舞蹈类的社团，培养自己的兴趣爱好，她也知道自己的想法永远都会得到妈妈的支持和鼓励。而当想着母亲送自己来法大的这一路，李梦眼里的泪不自觉地流了下来。“我觉得自己很幸福”，父母的理解和支持都让她铭记在心、心存感恩，“在我很小的时候，爸爸妈妈就很尊重我、支持我，我希望通过自己的努力，不辜负他们对我的爱。”

程飞心中也不住地回想着来时寻不着住处的茫然与无措，但他也无法像父亲那样置之一笑，“我想成为一个让父母省心的儿子。而法大带给了我一种坚定、向上的力量，它让我在将来遇到困难时，也会不忘初衷，矢志不渝！”程飞的眼中闪烁着坚毅的光芒，这是他对自己的寄语，也是对父母无声的回答。

来自山川湖海的少年，心怀青春的梦想，为了更好的未来，告别家人，齐聚法大。宪法大道旁，一个大大的“家”字分外抢眼，招来许许多多合影的家庭。走出启运体育馆，或许是志愿者们温暖明媚的笑脸，或许是初秋清澈的阳光，或许是那些蕴含着巨大能量的小小祝福，将那些忧思、不舍的心绪化成一脉温情，连着父母和儿女。

# “CUPL 正能量”第一百四十六期：曹建明

## ——以法为梦少年郎

文/团宣通讯社　王文婷　杜　芬　梁亚伦

伫立村头的少年无数次眺望，那座年岁悠久的大桥直直地伸向远方，剥落的灰桥面露出赤裸的钢筋水泥，桥底下的广坪河水终年如一地滚滚向东。不远处，农民工哀切的叹息隐约在耳，仿佛能看到那双愤怒握紧着的、粗糙龟裂的大手。阳光直直地射进眼里，曹建明不由地闭眼，这是他生活了19年的小山村，而他的内心又一次感受到生活的不公和无力。

**简介：**曹建明，国际法学院1701班本科生。他成长于陕西省一个偏远闭塞的山村，少年时，耳闻目睹着农民工外出务工、艰难讨薪的生活场景，体会到因法律意识淡薄而带给村民的不幸，源自现实生活中对法律的渴求让他立志报考法大，成为促进社会公平正义的一颗砝码。最终，他说服父母、老师，通过自主招生专项计划顺利考取中国政法大学。

## 正因现实骨感，理想才要丰满

2013年6月，正值曹建明中考，家里翻修房子时被偷走了大量的现金，民警当场在工人身上搜出失窃的现金，人证、物证确凿，然而不知为何案件最后不了了之。

这件事给了少年曹建明极大的冲击，他发现类似的事件在这个偏远落后、法律意识淡薄的小山村里时常悄无声息地发生着，然而长辈们却早已习以为常。这些"冤屈"成了曹建明——一位平凡少年生活中无法开解的心结：高中同学喝了诊所开的药之后"猝死"，却无人担责；交通肇事司机不但拒绝赔偿，还振振有词，却无人驳斥；外出务工的村民一年到头的辛劳，却换不来约定好的薪水……曹建明的内心被这些"有理说不清"的委屈压得严严实实，"这都是些什么事"！在不断地追问和反思中，他终于寻到了自己的一条"道"："只有靠法律，法律才是维护社会公平正义唯一的正当武器！"于是，思来想去，曹建明最终决定要成为一名律师，他时常告诫自己："社会需要法律，但是法律的执行，是需要人的！"

高一时，曹建明向历史老师说出了自己的想法，老师不假思索地回答他："那你报考中国政法大学吧！在北京，适合你。"

在此后无数次的回忆里，就是这一次平常的交流，像播种一样，将"中国政法大学"这个庄严而神秘的名字植入了曹建明的心底，成为他高中三年不懈苦读的最大动力。

## 法大，翻山越岭来见你！

上网时，曹建明经常搜索关于法大的消息，"越看越觉得欢喜"，法大的一切都深深地吸引着他，“很想在宪法大道—拓荒牛前背书，很期待在开学典礼上喊出录取通知书上的那段入学誓词，很希望自己可以成为一名合格的律师。”

然而实现梦想的道路并不顺利。首先，法大每年不低的录取分数就成了足以让这个山村学校里的少年望而生畏的“第一座大山”。学校一般的教学水平和他并不出众的成绩，成了他追梦路上的第一块绊脚石。曹建明低头看了眼坑坑洼洼的地面，默默地吸了一口气：“拼一把！”他比从前更加努力，上课时站着听讲，下课时埋头刷题，周末上网络课堂，他创造一切可以利用的条件充实自己，终于在高三时，成绩排名稳居班级前列。

可即便如此，曹建明对于自己能否考上法大还是没有十足的把握。而这时，同校师姐通过自主招生进入法大的消息给了他新的希望。

随之而来的另外两座“大山”—— 一个，是准备条件和经验不足；另一个，是得不到身边人的支持。前者是可想而知的，学习压力繁重且毫无面试经验的高三学生，完全依靠自己准备一次自主招生申请，无异于“摸着石头过河”。而后者无论是老师委婉劝阻，让他放弃这个念头，“不要不务正业”；亦或是父母直言反对，“不许浪费时间”；甚至是同学故意从正在填写材料的他身边走过，发出大大的“嘘”声，都无疑更使他内心压力剧增。

可是曹建明想得很明白，既然是自己选择的道路就不能轻易被动摇。他主动向已经被录取的师姐取经，从最开始的申请书撰写、材料制作和填表盖章，到最后邮件寄出，在师姐的协助下都一一完成。同时，在自己的坚持下，父母心平气和地和他“谈判”了整整三天，终于曹建明获得了家人的认可和支持，他长长地松了口气。

坚定的曹建明不但说服了父母，还改变了曾质疑他的同学们的看法，甚至很多同学都向他询问自主招生政策的问题，热心的曹建明耐心解答，为他们出谋划策。

精诚所至，功夫不负有心人。8 月 17 日一早，正在"发呆"的曹建明接到了录取的短信，"短信来得突然，我打开一看是录取短信，赶紧去网上查，却没查到，吓得我都没敢和爸妈说。"直到最后消息确认，平日里几乎不发朋友圈的父亲"破天荒"地发了一条，母亲面上也总是喜气洋洋的，"虽然他们不说，但是我能感受到"。

初秋九月，当曹建明站在法大的校门前，他的内心五味杂陈。回想起那些无数个努力准备的日日夜夜，回想起少年生活环境里那些不公的场景及内心的愤恨和无力，他再一次下定了决心："每一刻都不要忘记自己的本心，记住学法的初衷和这份对法学纯粹的热爱。如果最后能为落后的家乡贡献出一分力量，那我的大学就无憾了。"

# “CUPL 正能量”第一百四十七期：雷特

## ——上下求索的异国少年

文/团宣通讯社　陆　娇　曹晓晨　岳梦雪　马友鹏

“独在异乡为异客，每逢佳节倍思亲。”雷特对于中国的国庆节、中秋节虽然并没有太多的节日情感，但对文学诗词中的意境和情感，他是能够切身体会到的。这个来自肯尼亚的小伙，在中国的学习与生活已经进行到了第三个年头。

**简介**：雷特，肯尼亚国籍，现就读于政治与公共管理学院政治1601班。2015年9月，他以优异的成绩获得中国政府资助的留学生奖学金项目，先在华中师范大学学习为期一年的汉语课程，后于2016年9月在中国政法大学开始了为期四年的本科学业。

## 从学"功夫"到学文化

在相距一万公里远的肯尼亚，当地的人们用"功夫"来指代中国这个神秘的国度。当雷特接到远赴中国读书的录取通知书时，他满心里都是将要习得武术的热血沸腾，那些漫漫前路上等待着他的荆棘都被暂放到一边。

身上背负着朋友"必须要学功夫"的嘱托，雷特首先来到武汉学习异国的语言，他很快便有些失望地发现"学习武术需要花费太多的精神"，考虑再三后，他选择将更多的时间和精力放在了学习和阅读上，并用短短六个月的时间通过了汉语四级的考试，之后得到了来到法大继续深造的机会。

仍对学"功夫"念念不忘的雷特，却凭借在长跑和足球项目上出色的天赋，结识了很多志同道合的小伙伴。提到他的"好哥们"，雷特笑得非常开怀，虽然大部分时间都被繁重的学业占据着，但是被邀请参加比赛的时刻总是非常愉快。来到北京后，雷特代表政治与公共管理学院参加了2016级新生运动会田径1500米项目，"当时我觉得没跑好，但是却拿了第一"。来自民商法学院1401班的李维龙回想起第一次在操场上见到雷特的场景："他跑得特别快，我第一反应是把他拉进田径队。"虽然雷特不爱说话，但是在李维龙的印象中他总是很热心，路上遇到也总会热情地打招呼，"能够在田径队结识他是件很幸运的事"。

假期中，与朋友一起外出游玩，被舍友拉着一起踢球，与哥们一起跑步，"刚到这儿的时候，什么人都不认识，但是现在我的胸怀也逐渐放开了"。想着现在的法大时光，雷特露出了"小白牙"。

## 消解孤独，唯有学习

不难想象的是，孤身一人远渡他乡，初来乍到之时，雷特内心总是孤独而彷徨的。全新的环境，深奥的专业学习，这些对他来说都是巨大的挑战。

在很长的一段时间里，雷特还不能和周围的人进行简单的沟通，于是雷特选择独处——他将自己关在书堆里，一遍又一遍地慢慢地读着黑柳彻子写的《窗边的小豆豆》；他将自己静置在无人的宿舍里，在日记本上一字一句地悄悄地记录着自己的情感；或者将自己放飞在操场上，用飞奔的汗水来释放内心的思念与郁闷。“有时候，因为肤色问题我会感到自己在校园很显眼，大家会对我很好奇，我也会觉着自己是个陌生人，心里不是很舒服。”

在日复一日与孤独共处的光阴里，雷特忍不住地回想起在家乡肯尼亚成长的岁月，每当回想起那些共同嬉戏的朋友与谆谆教诲的慈母，他甚至偶尔会怀疑来中国学习的决定是否正确。

“因为语言不通，我觉得将时间花在学习上完全没有用。”特别是计算机概论这门课，回想起这场“噩梦”，雷特不禁露出了一丝尴尬的笑容。计算机在肯尼亚是一项相对落后的领域，一方面，学成归国后报效祖国的念头不断激励着雷特；另一方面，零基础也为他带来了巨大的烦恼：“刚来上课的时候完全听不懂”，雷特只能将课上的每个词记下来，下课再慢慢问，直到把它弄懂。他的努力，班级的同学都看在眼里，同样来自政治与公共管理学院政治 1601 班的吕璞几乎每次下课都能看到雷特向老师询问问题的身影：“就觉得他学习特别积极认真，而且很热心，我们有很多需要向他学习的地方。”

“从头开始，慢慢来。”这是雷特坚持下来的不二法门。随着时间慢慢地推移，他突然发现自己能够听懂的东西变多了，来中国留学这件事也终于变得“不那么难以接受”。雷特看着镜子里的自己，他找到了自信：“我就是我，不论在哪里都是一样的。”

## 爱中国，更念家乡

在大量阅读中文书籍、观赏中文电影以逐渐克服语言难关的同时，雷特也对中国文化产生了浓厚的兴趣。他与朋友一起爬长城、参观故宫，曾经在电影中见到的画面跳出荧幕真实地呈现在他的面前；在《中华文明通论》的课堂上，他亦步亦趋地走过了这个国家的历史、触碰到它的脉搏。雷特与这个陌生国家的隔阂逐渐在缩小，也终于能够感受到中国——自己的第二故乡的魅力。

“中国的经济很好，虽然民族很多，但是却没有强烈的部落意识。”谈及对中国最深刻的认识，雷特思索了一会，他微笑、露出雪白的牙齿说道：“我们国家还有好多可以学习的地方。”

在雷特心中，“家是家，国是国”。从踏出国门的那一刻，他明白，所有的努力都将是为了终有一天能够学成归国，建设发展自己的祖国。而法大——他在中国的家里，已经有了他的伙伴、他的老师、他的家人。

# “CUPL 正能量”第一百四十八期：黄健栓

## ——生活是一口希望井

文/团宣通讯社　李卓凡　杜　芬　刘　瑾　曾巍芳　蒋恩第

“很久没有一次说这么多话了，没有试着这样去回顾自己走过的路，也许因为我相信阻碍人的东西终会被跨越吧，所以不觉得自己做的事有什么与众不同。”

**简介：**黄健栓，商学院经济1401班。18岁考取南开大学，面对家中突发的意外，他割舍学业，担起家庭的重担。至2014年家境稍微好转，23岁的他再次参加高考，考取中国政法大学。进入法大以来，通过各种工作努力实现经济独立，并承担祖母部分生活花销；勤奋学习，不仅连续两年保持专业第一名，并且在数学建模比赛、各类学科竞赛及体育竞赛中都获得了优秀的成绩。2017年当选第十二届中国大学生年度人物。

## 亲人安康吾生愿，男儿弃学终未悔

"家庭在我的心目中处于最高地位，没有之一。"对于五岁就和祖父祖母生活在一起的黄健栓来说，祖父祖母不仅是自己家人，更是无法替代的存在。

回想起儿时，一向爱笑健谈的黄健栓渐有哽咽，眼眶通红："我小时候其实是特别飞扬跋扈的。曾经因为骗了五毛钱，祖父母特别生气，跑到学校轮番教育我。我从此再没拿过一分钱。"虽然那时还小，但祖父祖母朴实的教诲却一直烙在黄健栓的记忆里，让他不敢遗忘。

刚被南开录取的少年意气风发，突闻祖父患病的消息，在光明的前途与不定的未来之间，他毅然放弃前者，回身便开始了为祖父奔波的五年。兜兜转转，一切正在往好处发展之时，祖父却突然安详离去，黄健栓回忆道："我从没有像收到祖父去世消息时那样失态过，把不相信、面对现实、偷偷哭这三种状态固定成了一个模式，反反复复，这样的状态持续了一个多月。"

祖父的离世成为五年社会磨砺的转折点，"唯一欣慰的是祖父安详地离开，没有受什么痛苦。唯一的遗憾是没能见上最后一面"。

当被问及放弃南开是否后悔，黄建栓顿了顿缓缓地说："我在想我有没有想过这个问题，答案是没有，在为家人放弃学业的问题上我没有考虑过后不后悔的问题。"家人于他，是不可替代的存在，"与至亲至爱每一天的相处都是倒数。我从不后悔，只是来北京上学离家远，不能多陪陪祖母"。

## 世事磨炼辛酸泪，求学之念永存心

19 岁的黄健栓初入社会，先后走过北京、天津、重庆、河南……

在人才济济的大城市里，既无阅历又无文凭的小伙子，艰难可想而知。

他的第一份工作是在工地搬钢筋，“一开始每天都感觉精疲力竭，浑身发疼”。但是回想起来也有乐趣的地方：“在龙舟队的时候结识了很多高手，有中国顶尖的摔跤手、俄罗斯的职业桑搏选手、哈萨克斯坦的拳击术高手还有乌兹别克斯坦的国术摔跤手。”黄健栓博采众长，从他们身上学了一些格斗术，后来便去了健身俱乐部做散打教练。有的时候会模拟歹徒和特警对练，“感觉真的很刺激”。辗转在数个城市里，日复一日地看着早上五点多的城市，“走在路上各种各样的商场和小吃店都已经开门”。黄健栓真切地感受到，“所有事情的背后都有人在付出着，都是来之不易的”。

为家庭而奋斗的责任感支撑着黄健栓，日日相复的疲惫和学生时期的巨大落差没有击退他，反而更磨炼着他坚毅的性格。“我也大着胆子去面试过一些证券公司，因为专业文凭是硬性条件，面试的公司看完我的文凭便都没有了后续。”

深入社会兜兜转转五年，终于稳定了祖父的病情，重新撑起了整个家，深刻体会了知识、文凭和学习之重要性的黄建栓于 2013 年秋季开学前打定主意要回学校复读，再战高考，重入大学。

**梦圆法大再少年，书山有路辟蹊径**

离校五年再战高考，面对生活给予的这份考卷，黄健栓用成绩书写出了自己的答案。

“第一次高考感觉挺轻松的，第二次高考就更轻松了。”问到两次高考感受，黄健栓选择将“轻松”作为他的关键词。他幽默地说着：“已经考多了，就算是接到录取通知书，心里也是很平静的。”尽管分数已达法学标准，但在几年的社会生活之后，黄健栓感觉到"自己思维架构上的缺失"，他试图去补充思想中关于经济运作和社会规律的那块拼图。在他心目中，经济学是"更为基础"的一门学科，即使是在法大浓郁的法学专业氛围中，他也有信心能够"学得挺好的"。

事实上也的确如此，黄健栓担得起"学霸"二字，学习经济学后，他不仅连续两年保持专业第一名，更是在各类竞赛中取得了优异的成绩。在常人眼中特立独行的他，在前进的道路上走得步步铿锵。

"我心中会有一个属于自己的时刻表。根据自己的情况，分不同时段做不同事情。比如上午做一些记忆性工作，下午完成逻辑处理问题，而晚上则作一些发散性思维的事情。"他的成竹在胸并不来自一个个奖杯或者奖章，而是来源于他成熟的自知。

正如他最喜欢的古语一样，"救寒莫如重裘，止谤莫如自修"。他的严于律己让他在生活的旋涡中逆流而上，而大概也只有这样的人，才能将坎坷的道路夷为坦途。

生活给予黄健栓的兜兜转转就像一口希望井。"天黑了，黯然低头，才发现水面满是闪烁的星光。"坚毅、果敢以及智慧让他总会把他人眼中的绝望转化成最美丽的惊喜，沉甸甸地装进青春的口袋里，丰盈起只属于他的光辉岁月。

# “CUPL 正能量”第一百四十九期：薛宝

## ——工地里走出的大学生

文/董浩然　王文婷　王丹阳　丁若楠

“要积极承担更多的责任，这是我对自己的要求。一个人对自己有什么样的要求，他就会走出一个什么样的人生轨迹。”少年的声音铿锵有力，一如他波折的经历与故事。

**简介：** 薛宝，政治与公共管理学院行政管理专业 1402 班学生。1991 年出生于西北的小山村。高中毕业后考取上海理工大学，但因家庭变故以及其他各种原因而退学复读。他在工地打工数月攒够了复读和生活的费用，最终考取中国政法大学。来到法大之后，一方面热心公益，一方面做各种兼职携母亲完成“愿望清单”。为人谦逊有礼，深受老师和同学们的喜爱。

## 工地走出的大学生

上海浦东新区的航头工地又迎来了一个清明，料峭春寒，细雨蒙蒙。"下雨天休息日"是工地的潜规则，此时敲敲打打的声音悬在空中格外的清脆。高空作业的薛宝余光扫了一眼六层之下的黄沙地，突然脚下一滑，他毫无防备地晃了一下，仰头摔了下去。匆忙中也不知道抓到了什么，顺势就跳到了安全扶梯，惊魂未定地稳住了身形。

四年后，坐在宽敞明亮的教室里再回想起这件事情，薛宝已然能够轻描淡写地调侃："幸好我经常锻炼，胳膊有劲。可见，强身健体真的很重要，关键时刻能救命呀！"

2012 年，以年级第二的成绩考取上海理工大学时，薛宝 18 岁。带着家人的祝福和对大城市的憧憬，"愣头青"很快发现所有的一切与自己想象中的并不契合。当时他觉得孤立无援，身后是寄予众望的家人，身前是遥遥无期的未来。巨大的压力涌来，让他步伐变得沉重，他踌躇了很久，终于做下了一个艰难的决定：复读，再战高考。

横亘在他面前的困难是显而易见的；一切归零不说，父亲去世后，作为长子早早承担起家庭责任的薛宝，生活和复读的费用都不得不靠自己的双手来打拼。"因为工地门槛低，机动性强，进去容易，如果有急事想要退出来也方便。"薛宝并不想将困顿的生活状态维持得太久，即使因为各种原因不得不辍学打工，整日不停地奔波在工地、餐馆等地，他心心念念的还是重回校园。

"工地的老板曾经跟我说：'你很有决心，很不错。只要你坚持，没有你办不了的事情。'这句话给了我很大的鼓励。"薛宝默默地激励着自己，"人生就像是马拉松，起点很重要，但是一路上的坚持更加可贵！只要静下心来，默默耕耘，我们终将抵达自己梦想的地方”。

## 愿做纽带传递爱心

经历得越多，薛宝心中“政法神圣”的信念就越坚定，复考了两年之后，他终于如愿以偿地站在了中国政法大学宪法大道之上。

一路走来，薛宝受到了国家和许多社会各界爱心人士的热心帮助，他真切地感受到“爱心”的力量，他决心将这些传递下去。

从大一参加“一米阳光”的太阳村活动开始，薛宝的大学一路伴着公益的身影。大二时，他参加了海淀区“快乐三点半”活动，和那里的孩子们一起学习、玩耍。从昌平到海淀，又从海淀到昌平，往返需要四五个小时，有时候下课要去参加藤球赛，比赛一结束就要匆匆赶去校门口集合，只能在南方风味打包一份鸡腿饭，然后在地铁上解决。如果早早赶到，薛宝会和活动举办方多多交流，了解孩子们“这些天来做了些什么、玩了些什么，最需要什么”，然后和队友们商量给孩子们讲什么，学习任务完成后和孩子们玩些什么新奇有趣的游戏。薛宝在这项活动中投入了大量的心血：“看到那些孩子们纯真的笑脸，我们觉得由衷的高兴。”“快乐三点半”是他坚持最久的公益活动，也是他印象最为深刻的公益记忆。

公益之于薛宝，就像他一直说的那样：“都说我们是感动法大的人，但事实上我们是最受感动的人。”在他心中，“我只是一个纽带，把那些爱心人士传递给我的爱心，用我自己微薄的力量，把它继续传递下去，希望爱心生生不息，并不断放大”。

## 愿付一生守护家人

少年时期，母亲一直承担着家庭的重担，抚养他长大、供他上学，点点滴滴的辛劳都被薛宝小心翼翼地收藏在心底。而如今母亲已经年迈，他不忍心把母亲独自留在家乡，便将她接到北京，利用周末等空余时间带母亲去周边游玩。“以前老人一直在家里面操碎了心，在北京这几年我就把她的心愿像清单一样记下来，然后一个一个逐步实现。”给母亲申请QQ、注册微信；教母亲发语音、发视频；不论走到哪里都要发位置、报平安；一家人一起吃烤肉、吃麦当劳……北京、天津、河北，都留下了母子俩的欢声笑语。“我用兼职挣来的钱给妈妈买了智能手机，教她自拍、无聊的时候看电视，看到她脸上露出那种难以掩饰的笑容时，我心里也是满满的喜悦和成就感。事虽小，但总得一件一件去做。家人的平安喜乐，是我一生努力的动力！”薛宝如是说。

在舍友王新尧的眼里，薛宝一直都是一个“特别积极、特别负责任的人”。除了做好本职工作，积极完成团支书任务之外，薛宝在宿舍里总是喜欢“抢着做事情”，比如一个人拎着四个壶去打热水、主动管理宿舍公费、跑到校外大卖场购置物美价廉的日用品、组织开一个小小的宿舍会议、把账单发在宿舍群里接受大家监督等，王新尧赞不绝口道：“我宝哥确实很优秀。”

就好像薛宝习惯将被子叠成豆腐块一样，在宿舍里担起老大哥的责任都是“习以为常的小事”：“在不越级的情况下，要积极承担更多的责任，这是我对自己的要求。一个人对自己有什么样的要求，他就会走出一个什么样的人生轨迹。”

总是将自己定义为平凡的法大人、默默的耕耘者。朴实、谦逊的品质和乐观、坚韧的性格，让他在人生的路上越走越稳，越走越宽。

# “CUPL 正能量”第一百五十期：温情法大

## ——这个秋天不太冷

文/陆娇　李卓凡

采访/焦时悦　李昕媛　马友鹏　陈玥琳

一千多人的双手因爱而高高举起，彩色丝带伴随着爱的手势在温柔的灯光中轻舞飞扬。手舞、飘带、久久不能停息的欢呼，整个礼堂都沉浸在感动与爱的表达中。聚光灯下的舞者，或看不到，或听不到，或说不出，但他们能够感受到。生命可以有不完美，但爱永远是人间最真挚、最充满力量的语言。

**简介**：中国残疾人艺术团“温情法大”专场，始于2016年，是校学生社团“灵心手语协会”通过坚持开展助残公益活动而成功邀请艺术团来校进行的专场义演。2017年10月17日“温情法大”第三次专场演出作为“2017级新生入学教育系列活动”成功举办。中国残疾人艺术团成立于1987年，被国际社会誉为“美与人性的使者”，被世界残疾人代表大会称为“全球六亿残疾人的形象大使、人类特殊艺术的火炬”。

## 微公益与大梦想

2010年深秋的某个周末，和很多法大学生一样，作为"灵心手语协会"创始人的迪达尔·马力克和她的伙伴们利用平时的休息时间，一起参加支教或者志愿服务活动。坐在前往福利院的345路公交车上，迪达尔·马力克脑海里浮现着与听障儿童们用手语进行交流的场景，更让她欣喜的是，协会的伙伴们终于达成了已经筹备了好几个礼拜的"小目标"——"为小朋友们买了一些小玩具"。然而，小目标的顺利达成，使他们意识到小玩具带给孩子们的快乐只是暂时的，也因此激发了他们的大目标——"为聋哑儿童购置助听器"，而这个想法让整个协会的小伙伴们一同坚持了6年。

6000元，对于学生而言，当然不是一个小数目，但是比起以数十万计的耳蜗手术来讲，这似乎是一个不能再退的选择了。在校园进行闲置物品的义卖活动，用"微公益"去实现"大梦想"。迪达尔·马力克回忆起当年的初心依旧平静："第一年，我们只攒了80块。"

"2015年，我们攒够了善款，但是不知道捐助的途径，后来通过手语指导刘春达老师与中国残疾人艺术团的邰丽华老师结缘。"灵心手语协会会长2015级的仉昱博回忆道，"于是，就有了'温情法大'。我清楚地记得，我们发出邀请不到一小时，就得到了艺术团肯定的答复。"

六年时光，一年级的"新生"变成了"老生"，社团的创始人和几任社长都变成了校友，但是完成几届"灵心人"共同的心愿，小善成德，帮助那些有需要的残障儿童，这份初心没变。

## 生命的礼赞

就如同2016年的两场"温情法大"专场一样，中国残疾人艺术团又是在一个清冷的早晨，安静地来到了法大的昌平校园。想起艺术团初次到法大的情景，当时大二的仉昱博记忆犹新："第一次专场演出，虽是晚上6点半，但他们早上不到9点钟就提前到了学校。等我们跑过去，他们已经整整齐齐地集合完毕，等在礼堂后台的门口了。"正是这一次对艺术团成员和老师们的"招待不周"，使"灵心人"对演员们的敬意更深地融化在了心中。

更让人感动的还是来自艺术家们的演出，空灵的歌声，曼妙的舞姿，让人不禁感慨，"这是多么坚韧而无私的生命啊!"施炜钰，一名来自外国语学院英语1701班的女孩，在10月17日看完演出的日记里这样写道："他有着和我们一样的、大大的眼睛，却不知道天空是什么样子。但是我可以在他的歌声里看到蓝天、白云，还有美丽的姑娘……为什么命运如此不公，最受苛待的生命却最感恩?"

当《生命永恒》的旋律响起，中国残疾人艺术团的所有演职人员手牵着手缓步走向台前，向台下深深地鞠躬，千余名法大师生全体起立、在台下奋力地比画着"爱"的手语，大声地欢呼，掌声、喝彩声、唏嘘声此起彼伏，经久不息。艺术团的演员们后退，再次深深地鞠躬。"三次前进、三次后退、三次谢幕、六次鞠躬。全场观众一齐起立，报以长达五分多钟的欢呼和掌声。"法学院1704班的蒋恩第牢牢地记在心中，"一场永生难忘的生命礼赞"。

## 让爱一路相随

“于残缺中寻求完美，于无声中感悟音律，于黑暗中体味光明。”作为“温情法大”最精彩的注解，这句话已经不再仅仅是中国残疾人艺术团的真实写照，它的含义使得台下的观众也深有感悟。

演出结束后的夹道欢送是法大学子向残疾人艺术家致敬的方式，“每次演出后同学们都自发成行”。同学们从后台的门口一直延续到宪法大道两侧，手中挥动着荧光棒，慢慢地站满了整条道路。夜风微凉，相互小声窃窃着激动和敬佩的情愫，相互学习着“爱你”“谢谢你”的手语动作。“期待着看清每一个人的面孔，期待着每一个人的生命如今日的表演一般绚烂。”蒋恩第的祝福也是在场大部分人的心声。点点荧光，蜿蜿蜒蜒地点亮了演员们回程的路，也点亮了法大每一个心怀善意者的心。

这个夜晚注定会牢牢地印刻在观众的脑海中。跨越 6 年时间点滴积累的爱意，这个夜晚，在无声的舞蹈与黑暗的歌声中骤然爆发。暖心之情终于化为燎原之火，点燃了“温情”之夜。

“温情法大，让爱延续”，如同演出最后台下的师生们发自内心地喊出的那句口号一样，法大人的公益之心众志成城，让公益之路，因爱而生，向光而行。

# 编者后记

## ——中国政法大学2016~2018年正能量工作团队编后感

写正能量、改正能量前前后后已经三年了。

就像我一直清楚地记得并且也一直都在向他人讲述的那样，我能够通过“CUPL正能量人物访谈”这个栏目感受到很多我这个单向的生命所无法经历的人生轨迹。我记得接触的第一位正能量人物，一个普通的食堂阿姨，兢兢业业地工作，认认真真地去献血，默默无闻地帮助他人；我记得一位师兄，大一时期已经完成了自我的经济独立，并且在大四回忆过去的时候能够云淡风轻地说“那个时候真是太苦了”。我可能不会成为一位食堂阿姨，我已经大三了，还没有做到经济独立，但是这样本来我无法经历的生活我却通过“正能量”这个平台了解到了。

这是一个窗口，一个去探寻他人生命轨迹的窗口。她向我展示了普通而单调的生活之外不同的可能性，她丰富了我的生活维度。就好像我们都知道颁奖典礼上的“大神”“学霸”在生活中不大可能会是一个高高在上、全副武装的样子，正能量向我提供了一个去了解他们的途径。

同为平凡，为何他们能够做到“正能量”呢？点点滴滴的感动都在不言之中，这也是无数编者不断为之努力的原因吧。

——商学院工商管理1502班　陆娇

在大一入学前参加了团宣的征文比赛，奖品是“CUPL正能量”第一本合集。那本收录了从第一到第五十期正能量的蓝皮小册子，几乎勾勒出我对大学所有的幻想。那些访谈，让我看到了关于法大的五十种不同生活。凡此种种，皆不平凡。

大一时，跟着通讯社的师兄师姐们一起出正能量访谈。在这其中，我采访、认识了许多人。如果没有正能量，这些人其实并不会与我的生活产生交集。对我而言，他们可能就只是一个个名为“大神”“偶像”的符号。但是因为正能量，我终于叩开了一扇扇奇妙的门，他们也从那些单薄的符号，变成了一个个鲜活灵动的人。

大二后，我做了通讯社的部长，不再仅仅是完成师兄师姐们布置的任务了。面对一个正能量素材，我需要自己去构思更多。从采访提纲到实际交流，从故事采写到理顺文章逻辑，从初稿、二稿到公众号发布，我看到了正能量背后的更多东西。有时候，我甚至觉得这部分比正能量本身更有意义。

我常常在想，我们写正能量的意义究竟是什么，这些故事对于法大而言真的有存在的意义吗？经过近两年的撰写，我觉得，无论如何，只要曾有人从这些“CUPL正能量”中真正汲取过正能量，那便是我们最大的幸运。

——法学院1604班　董浩然

“CUPL正能量人物访谈”系列要出第三版了，陪着它经历一年的光景，细数跟它一起走过的，或深或浅的脚印，既欣喜，也感动。

呈现到读者眼前的，是一个个短小的、朴素的故事，而在背后，我们采访、录音，一遍遍改稿、润色，然后审核，最后发到公众平台、发到官网上，期望能够带给所有的读者一点点不一样的感触。如果你们喜欢它，那就是我们最开心的事情。

而接下来的一年，我们也会继续陪着它走下去，为了它，我们愿意献出心血，希望能够有更多的人，愿意去了解它、喜欢它。

既见君子，云胡不喜？

——国际法学院 1603 班　王文婷

于我来说，写正能量的感觉太奇妙，就像小时候躲在被窝看童话书的少女，探险中渴望遇到而不敢遇到的苦涩和喜悦都有了归途，就像一个单项选择的深夜电台，可以知道那么多人的故事，又不必参与其中。

为什么要坚持去写这样一个栏目并且希望它越来越好呢？我有着自己的私心。越长大，我们和文字的关系就变得越来越深不可测。有时和它远远近近，有时和它分分合合，热切过，也冷漠过，背过很多，也忘了很多，但读着读着却发现文字越来越成了应付考试的工具，书架上越来越多的是法学专业的概念、案例，那个小时候吱吱呀呀地读着“又上台楼却道天凉好个秋”的那么可爱、孩子气的小姑娘不见了。我不想这样。我想要逼迫自己读点什么，写点什么，让我除了专业之外还有点什么别的生活。

当然，我写得不好，肯定有很多让读者感到不满意的地方，我会努力改正，但我会一直写下去，就像“我偏爱写诗的荒谬，胜过害怕写诗的荒谬”。真诚地希望你们不要放弃我们，可以给我们这样一个机会和动力，一直寻找，一直写下去。

真的谢谢每一个看过我们文章的读者，谢谢你们。

——国际法学院 1605 班　李卓凡

作为“CUPL 正能量”幕后编者中的一员，能将身边独具魅力的人物和故事通过自己的笔尖传播向法大各处，实在深感荣幸。“每个人都是一场流动的盛宴”是我对正能量的理解与感受，在接触访谈中，那些原本我们普通人听来会不可思议的举止，那些惊人的经历，也许有时候会慢慢地感染你，会把我们曾经拥有的“学会中规中矩，远离特立独行”这样的人生观彻底撕碎。我们会发现，原来诸位“说出来的生活只是冰山一角，他们的心里，有一个深不见底的世界”。愿各位法大人在读过正能量栏目之后，能比曾经的自己，变得有些不一样，将自己的生活，改变成为一场流动的盛宴。这亦是作为编者的我们，内心的一点小确幸了。

——民商经济法学院1601班　岳子涵

首先得知正能量要出书的消息，我有些激动，有些感慨。可以说，正能量是团宣的一个招牌，自从开始撰稿到现在，尽管会有些大大小小的危机，但是很高兴我们坚持到现在，并将乐此不疲地传承下去。

写这段文字不久前，我刚刚结束了最新一期正能量的成稿，并且发现，每写一篇正能量都会有一些新的感触与收获。在稀疏平常的每一天，在法大的日子里，我们身边有一群向上美好的人，点缀在状似平凡的校园生活里。通过正能量，我们有幸发现他们，认识他们，学习他们，或多或少会有些感触与震撼，身为通讯社的一员，我与有荣焉。

——商学院国际商务1602班　曹晓晨

在正能量人物访谈中，从前期准备工作到后期的文字成稿都凝聚着每个团宣记者的心血。在前期准备时，必须详细了解人物各方面的具体信息，对于未接触过的领域，要花心思去尽力了解。柴静说过一句话，采访即抵达。我觉得，每一次深入挖掘人物故事的时候，记者所做的这些努力都是为了能够真正了解每一个正能量人物的深度故事，这样才能讲好每个正能量人物的故事，用他们的真实故事去打动读者。其实，作为传播者的同时，我们，这些正能量编纂者作为第一手受众，也深深被正能量人物打动，这就是为什么我们一直书写正能量人物访谈的原因。

——光明新闻传播学院 1601 班　陈广浩

作为通讯社乃至整个团宣的品牌活动，“CUPL 正能量”不知不觉已经走到第 150 期的历史转折点。之于正能量，自己亦是一个新人，全然不敢有任何品评的成分，就从心出发谈一谈自己的感想。

一篇正能量的“出炉”，大约需要素材搜集、提纲撰写、人物专访、后期整理及组稿成文五个大的部分，往往一篇优秀正能量的推出，都是集整个通讯社之力来完成的。从分管主任到部长、部员们，每一步的兢兢业业才最终成就了正能量今天的影响力。想来自己作为其中的一员不觉十分骄傲。

那么我们花费如此大量的人力、财力、精力去做这个“正能量”的原创，目的又何在呢？我想这是一种发自心底地想要向优秀的人看齐的品质吧。身在全国最高的法学学府，各个方面拥有杰出品质的人就在我们身边。而“正能量”大概就是给我们这些想要了解他们，学习他们的人一双眼睛，一个平台，能够真正的通过文字这种最纯粹的途径去接触这些正能量的人与事，进而将精神品质内化于心，外化于行。身边常常有人说：“每周的正能量阅读是给自己补充前进动力的时间。”我想“正能量”的撰稿编辑们的初心正在如此。

如今，我们将这沉甸甸的感动与力量汇编成册，将爱的火焰汇聚。150，数字并不大，愿可以做你迷途的灯塔，暗夜的星空，愿可以将最值得珍藏的东西毫无保留地倾己为你。

——民商经济法学院 1601 班　梁亚伦

刚加入通讯社接正能量任务的时候问了主任一个问题——正能量的

栏目定位是什么？“人人可做，人人能做，做能做好。”是我得到的答案。在一次人物素材选择中，在一个荣誉等身的大神和一个兢兢业业、学有所专的小人物间我们选择了后者，“平凡而不平庸”是我们抉择的标准；某一次正能量访谈结束后跟嘉宾闲聊，嘉宾说：“很久没有说过这么多话了，我没有试着这样去回顾自己走过的路，感觉很神奇。”挖掘和转述故事是我们的目标和职责。这三件事是我眼中正能量的全面定位，它形象地回答了两个关于正能量的问题，一是我们要写什么样的人，二是我们要怎么去写这个人。

记得我初入手正能量的时候总是喜欢浮夸地描述人物的经历，经过慢慢打磨才找好自己的定位：我只是故事的挖掘者和转述者，对人物的评价和定义交由正能量的读者去完成。能用陈述句就不比喻，能引用就不转述，能多全面就多全面地去挖掘一个人物，尽全力在成稿中给读者还原一个真实的，有血有肉的，而不是高在神祇的人物，这是正能量文稿的基本要求。

写法大故事，展法大风采，聚法大正能量，献法大力量于同学、社会。

——国际法学院1606班　杜芬

中国政法大学团委宣传中心

2018年5月

图书在版编目（CIP）数据

“CUPL正能量”人物访谈活动报道合集. III/共青团中国政法大学委员会编. —北京：中国政法大学出版社，2018.9

ISBN 978-7-5620-8273-6

Ⅰ.①C…　Ⅱ.①共…　Ⅲ.①新闻报道－作品集－中国－当代　Ⅳ.①I253

中国版本图书馆CIP数据核字(2018)第107284号

---

出 版 者　中国政法大学出版社
地　　址　北京市海淀区西土城路25号
邮寄地址　北京100088信箱8034分箱　邮编100088
网　　址　http://www.cuplpress.com（网络实名：中国政法大学出版社）
电　　话　010-58908285(总编室)　58908334(邮购部)
承　　印　固安华明印业有限公司
开　　本　720mm×960mm　1/16
印　　张　15
字　　数　186千字
版　　次　2018年9月第1版
印　　次　2018年9月第1次印刷
定　　价　45.00元